# 三毛猫ホームズの大改装《リニューアル》

赤川次郎

角川文庫 16826

# 三毛猫ホームズの大改装《リニューアル》

目次

## プロローグ

「全部の出口をふさいでおいて、猫がネズミをいたぶるようにいじめる」

――S出版の社長、武居努《たけいつとむ》の部下の叱り方を、業界ではそう評している。

武居努自身、そういう評を耳にしていて、気にしないというより、むしろ誇りにしている気配さえあった。

「叱るからには、一生忘れられないようなショックを与えるんだ。何度も同じことを叱る手間が省ける」

常日ごろそう言っていながら、武居努の父で、今S出版の会長、武居是也《これや》にはさすがにそう強く出られない。しかし、この父親が心筋梗塞《こうそく》を起して、ほとんど出社しなくなってからは、武居努の天下であった。

〈社長室〉という金のプレートは新しくされ、毎朝秘書の手でピカピカに磨き上げられている。そのプレートのあるドアの前で、平栗悟士《ひらぐりさとし》がしばらくノックする勇気を持てなかったのも仕方のないことだったろう。

「──平栗さん。社長がお呼びです」

女性秘書に言われて、平栗が席を立つと、

「ご愁傷様」

「遺言は？」

といった優しい言葉をかけられ、挙句、

「奥さんの面倒はみるから、心おきなく屋上から飛び下りてくれ」

とまで言われた。

これには誰も笑わない。──現実に屋上から飛び下り自殺した中間管理職がいるのである。

平栗悟士は四十九歳の編集者。S出版の中では「窓際」に当る目録などを作るセクションにいる。

胃が弱くて、三十そこそこのころ、胃をやられて入院。その時点で平栗は「出世」の二文字と無縁の存在になったのである。

その平栗を呼んで、武居社長は何を言おうというのか。

誰が見たって、「いい話」であるわけはない。ドアの前で、平栗は早くも胃が痛むのを感じた。

学校へ行こうとすると、お腹が痛くなる子供の気持がよく分った……。

「平栗さん、どうかなさいました？」

自分を呼びに来た秘書、柳井尚子《やないなおこ》に声をかけられ、平栗はあわてて、

「いや、ちょっと――ネクタイを直してたんだ」

「早くして。社長さんは待たされるのが一番お嫌いよ」

分ってる！　畜生、人のことだと思って！

言いたいことが言えるのは腹の中だけ。

平栗は観念してドアをノックした。


「先生」

そう呼ばれて、立石《たていし》が自分のことと思わなかったのも無理はない。

今、立石の気になっていたのは、はいているサンダルのベルトが切れそうになっていることで、果して自宅に帰り着くまでもつものかどうか、ハラハラしていたのである。

「――先生。立石先生」

うん？　俺のことか？

振り返った立石は、見《み》憶《おぼ》えのない男がやってくるのを見て、一瞬、「借金とりか」と思った。

このサンダルじゃ逃げられない。どうしよう？

　しかし、三つ揃いにやや色のついたサングラスという格好のその男は、

「漫画家の立石みつぐ先生でいらっしゃいますね」

　と、愛想良く言ったのである。

「立石ですが……」

「やっぱり！　いや、以前は先生のお作をよく拝見したもんです」

　いつのことだ？

「どうも……」

　ともかく、どうやら借金とりではないらしいと分って、立石はホッとした。

「実は折り入って、先生にお願いしたいことがありましてね」

　と、その男は言って、いやに馴《な》れ馴れしく立石の肩に手をかけた。「お忙しいと思いますが、ちょっとお時間を拝借できませんか」

　ちっとも忙しくなんかない。このところ、定期的な仕事は一つも入っていないのである。

　今日も昼過ぎにやっと起き出して、女房はもう出掛けて留守。――台所を見ても、何も食べるものは用意されていないので、仕方なくマンションを出て、近くのラーメン屋へ行って来たところである。

　朝食兼昼食といっても、もう夕方と言った方が早い、午後四時。

　しかも、立石はトレーナーにサンダルという、寝起きのままの格好。ひげも当っていな

いし、天辺《てっぺん》の薄くなった頭髪もボサボサのままだ。

「時間はいくらでもありますけどね。この格好じゃ、どこへ行くったって——」

「なに、構いません。芸術家らしくって、いいじゃありませんか」

立石は呆気《あっけ》に取られた。——この男、もしかして、全く同じ「立石みつぐ」という天才画家でも捜しているんじゃないのか？

俺の漫画のどこをかき回したって、「芸術」なんてしろものの、かけらも出て来やしない。

「さあ、どうぞ、こちらへ。車ですから、その格好で大丈夫ですよ」

「はあ……」

促されて、わけの分らないまま、立石は通りを渡って、わき道へ入った。

「——さ、どうぞ」

と言われて……。

立石は呆然《ぼうぜん》として、目の前の馬鹿でかいリムジンを眺めていた。——立石も以前は車を持っていたのだが、故障して、それっきり。

買い替える金もなく、車がないと困るほど忙しくもないのである。

でも——もちろん、このリムジンの三分の一か四分の一くらいしかない（？）小型車だった……。

リムジンのドアを開けて立っているのは、白手袋の運転手。

乗り込むと、中は向い合ったソファが快く体を受け止めてくれる豪華なサロン。

「凄《すご》い車ですね……」

と、漫画家にしては気のきかないセリフ。

「なに、見栄《みえ》ですよ」

と、男は笑って、「こんな長い車、日本じゃ不便で仕方ない。——おい、やれ」

リムジンは滑らかに動き出した。

「突然のことでびっくりなさったでしょう」

男は名刺を取り出し、「私はこういう者で……」

名刺は、〈ディベロッパー R企画代表鮫田《さめだ》悠一《ゆういち》〉とあった。

「はあ……」

さっぱり分らず、「漫画週刊誌でも出されてるんですか?」

鮫田悠一は笑って、

「話はゆっくりといきましょう。——何をお飲みになりますか?」

ボタンを押すと、テーブルがパカッと開いて、ウイスキーのボトルの林が、高層ビルの模型みたいにせり上って来た。

最近では飲んだことのない高級品ばかりである。

「じゃ……スコッチを」

声が震えた。

――立石みつぐは、二十年近く前、三十になるやならずのころには、ずいぶん売れていた。連載を五、六本も抱え、アシスタントを何人も置いて、徹夜で描き、そのまま酔い潰《つぶ》れるまで、夜の盛り場で飲んだ。――ただし、出版社の払いで。

しかし、もともとデッサン力のない立石の漫画は、アイデアが切れると、全く面白味が失くなって、またいくらも替りのきくジャンルだった。

数年の内に、見る見る仕事は減って行ったのである。

今住んでいるマンションは、売れているころに即金で買ったもので、妻と娘一人と暮していた。

妻は江梨子《えりこ》。――高校を中退した彼女が、

「アシスタントにして下さい」

とやって来て、働くようになって半年後、たまたま、彼女一人が残っていたとき、立石は床の上に彼女を押し倒した……。

十六歳の花嫁は、すぐに女の子を生んだ。

今、立石は五十歳。――くたびれた印象は六十歳といってもおかしくない。

江梨子は三十三。娘の千恵《ちえ》は、もう母親が結婚したのと同じ十六歳になっていた。

「――それで」

と、立石は一杯目をアッという間に空にしてから訊《き》いた。「何です、ご用は？」

早く聞いておかないと、酔い潰れてしまいそうで怖かったのである。


「もしもし、お母さん？」

声は上ずっていた。

「千恵？　どうしたの」

「今ね——今、学校の帰りに、お父さんを見たの」

「あらそう。じゃ、もう起きたのね」

母の江梨子はスナックで働いている。まだ早い時間なので、暇そうにしていた。

「お母さん！　それどころじゃないよ」

セーラー服の千恵は、マンションの部屋へ駆け込んで、あわてて母の勤めるスナックへ電話したのだった。

「何なのよ？」

「お父さんが——大きな外車に乗せられて行ったの！」

「外車？」

「うん。胴体の長い……。バスくらいもある車。あれ、絶対にヤクザだよ！　お父さん、何かまずい借金でもしてたんじゃない？」

少し間があってから、

「心配することないわよ」

と、江梨子は言った。「もしそうでも、向うはお金がほしいわけでしょ。お父さんをいくらおどしても、お金なんて一円だって出て来やしない。大丈夫よ。二、三発殴られるくらいで、戻ってくるわ。殺されやしないわよ」

千恵は絶句した。江梨子は、

「あ、お客だから。──あんた、お父さんのこと、待ってなくていいわよ。先に寝てなさい、いいわね。──いらっしゃい！」

客へのひと言が、千恵の耳にも届いて、電話は切れた。

「お母さん……」

父と母の間が冷たいことは知っていたが、これほどとは……。

千恵はしばし力が抜けて、色の変ってしまった畳に座り込んでいたが──。

「そうだ」

急いで手帳を開き、「──これだ」

と、電話のボタンを押す。

「──あ、もしもし。──片山《かたやま》さん、いますか？　片山義太郎さん。──私、立石といいます。立石千恵。──え？──あの……片山さんの『彼女』です、はい」

# 1 改装

「お願い！」

と、千恵はいきなりその男の腕にしがみついた。

相手はびっくりした様子で——歩いていていきなり女の子にしがみつかれたら、当然だろうが——目を丸くして千恵を見た。

「お願い！」

千恵はくり返した。「二万円下さい！」

きっと、相手の男は、

「冗談よせよ」

と、振り離して行ってしまうか、でなきゃ、

「ただじゃやれないな。もちろん、好きにさせてくれるんだろ？」

と、ニヤついて、千恵がなかなか可愛いのを見て、「二万円出す値打ちがあるかどうか」と考える。

そのどっちかだろう、と千恵は思っていた。

一見したところ、その背の高いなで肩の男は、気の弱そうなタイプで、十中八九、逃げ出すだろうな、と思った。

だが――そのどっちでもなかった。

その男は、

「君、傘がないの？」

と訊いたのだ。

細かい雨が降っていた。盛り場の舗道は濡《ぬ》れて、バーやスナック、カラオケのカラフルな照明を映している。

「持ってない……」

と、つい真面目に答えてしまった。

「風邪ひくよ」

と、男は折りたたみの傘を広げると、

「入って。――さあ」

と、千恵の上にさしかけ、「一度開いちゃうと、たたむのが大変でね。つい、これくらいの雨だと我慢しちゃうんだ」

「そう……」

何だか、この人って少し変ってる。

「二万円って……傘を買うわけじゃないよね」

「そんなにしないでしょ、傘なんて」

「そりゃそうだ。じゃ、何に使うの?」

「友だちが――絡まれてるの。ぶつかって、サングラスが落ちて壊れたって。二万円払えって言われて――。払えないのなら、ホテルに付合えって言われて。言われる通りにしないと、何されるか分んない。お願い! 二万円、ちょうだい!」

千恵は相手の胸にすがりつくようにして言った。「出してくれたら――私、何でも言うこと聞くから」

男は、しばらく考え込んでいる様子だったが、それは千恵の話が本当かどうか(本当のわけがない)、迷っているとか、千恵に二万円出す値打ちがあるか考えているとかいうのとは、どこか違っていた。

あれ? 私、何かやばい男を捕まえちゃったかな、と千恵は心配になった。

こういう、一見やさしそうなのには用心しないといけない。

逃げちゃおうか。――一瞬、千恵はそう思った。

すると、

「これ、持って」

と、その男は傘を千恵に持たせて、上着の内ポケットから札入れを出したのである。

やった！　内心、千恵は飛び上りそうだった。

「――二万円だね」

「ありがとう！」

千恵は傘を返して、大げさに、「これで友だちが助かる！　本当にありがとう！」

「いや……」

「じゃ、待っててね！　戻ってくるから、私！　約束はちゃんと守るから」

千恵はそう言って駆け出したが――。

「君！　ちょっと！」

バタバタと足音がして、男は追いかけて来た。

「何よ！　今さら気が変ったなんて言わないでよ！」

と、口を尖《とが》らすと、

「そうじゃないよ。この傘、持って行きなさい」

「――え？」

「僕はそこのひさしの下で待ってるから。君は濡れるだろ。さあ」

「どうも……」

やっぱり変な奴。

傘を借りて、千恵は待っていた仲間たちの所へ戻った。

「ちゃんと二万、せしめた！」

と、千恵は一万円札二枚をヒラヒラと振って見せた。

「それと、この傘も」

「いい腕じゃない！　じゃ、行こうよ！」

「うん。――先に何か食べよう。それからカラオケだ！」

「二万円ありゃ、結構食べられるよ」

いつも、この辺で遊んでいる仲間四人、連れ立って、カラオケもレストランも入っているビルの中へと消えた。


もう明るくなっている。

初夏の朝は少し蒸し暑い。六月の終りで、本格的な暑さはこれからだけど、夜明けは早く、夜になるのは遅い。

大欠伸《おおあくび》しながら、千恵はもう始発の電車の動き出している駅へと向った。

他の三人の内、二人は彼氏とホテルへ行ってしまい、一人は終電で帰ったので、「朝帰り」は千恵一人。

学校帰りのセーラー服がこんな所を歩いていても、別に誰も気にしない。大人は忙しくって、子供のことなんか心配してられないのだ……。

雨は夜の内に上った。千恵は、あの男の折りたたみ傘を左手で振り回して歩いていた。

お人好《ひとよ》しというか、どこか抜けてるというか……。

「アーア……」

と、また欠伸をしていると……。

千恵は足を止めた。

ゆうべの男が、軒下に立って欠伸していたのだ。

まさか……。本当に？

幻でも見ているのかと目をこすった。

「ああ、君か」

男は千恵に気付いてやって来た。

「あの……待ってたの？　ずっと？」

「うん」

千恵はびっくりした。

「あの……ごめんなさい」

男が一向に怒っている様子でもないのが、却《かえ》って怖かった。

「二万円で、何してたんだい？」

穏やかに訊《き》かれると、嘘もつけず、

「ええと……ご飯食べて……カラオケやって遊んでた……」

と、白状した。

「他には？　何か——クスリとか、買わなかった？」

「やってない！　そんなことしないもん」

いばれた立場じゃないけれど。

「そうか。——良かった」

と、男は肯《うなず》いて、「後で、そのことだけが気になってね。お金をあげて良かったのかって心配で、それで待ってたんだ」

「ごめんなさい……」

と、千恵は言って、「あの——今からでもいいよ」

「何が？」

「約束したから……。ホテル、その辺にいくらもあるでしょ。私、別に帰らなくてもいいの。家じゃ慣れてるから」

男は小さく首を振って、

「眠りたいよ、今は。傘だけ返してくれるかな」

「はい。——ありがとう」

こんなことでお礼を言ってる自分がおかしい。

「その代り、と言っちゃおかしいけど、この傘をきれいにたたんでくれるかい?」

「うん」

こういうことは得意だ。

千恵は手早く傘をきりっと巻いて、まるでデパートの売場に並んでいるように仕上げた。

「はい」

「ありがとう。いや、上手だね」

「高校、退学になったら、傘屋さんに勤めるの」

そんなもの、今どきないだろう。

「今、高校何年?」

「一年生」

何となく駅の方へ歩き出す。千恵は、騙《だま》されたと知っても一向に怒るでもない、このふしぎな男をチラチラと横目で見て、

「ねえ……。おじさん、仕事は何?」

と訊いた。

「刑事」

千恵の顔から血の気がひいた……。

「ごめんなさい」

と、千恵は封筒をテーブルに置いて、頭を下げた。

「そういうことだったの」

と肯いたのは、片山刑事の妹で、晴美《はるみ》という人。

「お兄さんたら、何も言わないで！ねえ、ホームズ」

ナーゴ、と返事をした三毛猫はホームズという風変りな名前の持主。

──片山義太郎《よしたろう》を訪ねて、千恵は、ともかくお金を返した。

「確かに」

と、晴美は封筒の中身をあらためてから、「よくわざわざ返しに来る気になったわね」

「だって……片山さんは一晩中、ずっと待っててくれたんですもの」

「刑事だから、一晩張り込み、なんてこと、慣れてるのよ」

と、晴美は微笑んだ。

「でも……片山さん、私のこと、叱りもしないで」

「それはきっと、あなたが、叱らなくても自分で考えて、そんなことをやめる子だと思ったからでしょうね」

と、晴美は言った。「現にこうやって、やって来たし──」

「本当だ」

と、千恵は言った。「凄《すご》く変だ」

「どうして?」

「この二万円、いつもだったら、人にお金返すのなんて、いやで仕方ないのに、今日はとってもいい気分なの」

「それはあなたが少し変ったからよ」

「私、いくらか大人になったのかなあ。——ね、晴美さん、どう思う?」

いつの間にか、晴美を長い間の友だちみたいに呼んでいる。

「そうね。大人になったのよ、少しね」

「そうか……。大人になるって、こういうことなのか」

と、千恵は自分が今までに聞いたこともない声で言っているのを耳にした。「私、大人になるって、うまく立ち回ってお金稼いだり、お酒飲んだりすることだと思ってた」

「それを規準にすると、うちの兄はてんで子供ね」

と晴美は笑った。

「私——片山義太郎さんの『彼女』にしてもらおう」

「『彼女』?」

「恋人じゃ年齢が離れてるし、妹さんは、もうこんなすてきな人がいるし、娘じゃ、ちょっと片山さんが可哀そうでしょ。だから、『彼女』」

『彼女』か……。うん、それがぴったりかもね」

と、晴美は面白がっている。

そして聞いていた「ホームズ」も、

「ニャーン」

と、面白がって（？）いた。

立石千恵が片山の「彼女」になったのは、こういう次第だった。

妻の淳子《じゅんこ》が電話に出る。――平栗悟士は、その瞬間に、自宅へかけたことを後悔していた。

「――もしもし？」

「あ、俺だ」

「どうかしたの？」

淳子はいつも通りの不機嫌な声で言った。

「いや、実はさっき社長に呼ばれて……」

「社長さんに？――それで？」

淳子は明らかに悪い話だと思っている様子だった。

「うん……。来月から、〈QQ〉の編集長をやれと言われた」

しばらく反応がなかった。「——もしもし？　淳子、聞いてるのか？」

S出版のビルの一階。ロビーの奥の公衆電話から、平栗はかけていた。

「淳子——」

「聞いてるわよ！」

と、急に元気な声が飛び出して来た。「編集長をやるの？　あなたが？」

「そうなんだ。柄じゃないと思うんだけどな……」

「あなた……まさか断らなかったでしょうね！」

「断れるわけないだろ。社長の命令を拒んだらクビだ」

「じゃ、やるしかないじゃない！　頑張ってよ！　これが最後のチャンスよ！」

淳子の方が舞い上っている。

何が「最後」なのかよく分らなかったが、ともかく妻が喜んでいるのを聞いて、久しぶりに平栗が「夫らしい」気分に浸ったのは事実である。

「まあ、帰ってからまた詳しい話をするよ。それじゃ……」

「しっかりやってね！」

きっと、電話を切ってから淳子は家の中をはね回っているだろう。——子供がいないせいもあるのか、淳子は四十二だが、多分に子供みたいな所を残している。

「やれやれ……」

と、戻りかけると、社長秘書の柳井尚子が立っていた。

「奥様にご報告？」

「うん……。一応ね」

「喜んでらした？」

「まあ……ね」

と、平栗は口ごもって、「――柳井君、教えてくれないか。どういうことなのか。君、何か知ってるだろう」

裏の情報にかけては、社長秘書の右に出る者はない。

「どういうこと？」

「つまり……〈QQ〉誌のリニューアルなんて大仕事を、どうして僕に任せる気になったんだろう、社長は？　僕は雑誌の編集なんて何十年も前に半年くらいいただけだよ」

「それが却《かえ》って新鮮でいい、と思われたんでしょ」

「社長が？――あの社長が、そういう発想をする人なら、こっちも心配しない。でも、今まで社長がそんな形での冒険なんか、したことあるかい？」

柳井尚子は肩をすくめて、

「ないわね」

「だろう？――だから不安なのさ。いくら社長が肩を叩《たた》いて、『君に期待してるよ！』と言っても、素直に喜んだものかどうか……」

　ピーッと電子音がして、

「お呼びだわ」

　と、柳井尚子は言った。「ともかく、何が何でも、やらなきゃいけないのよ。ね、余計なことを考えないで、〈QQ〉の新しい姿を、頭を絞って考えるのね」

「柳井君──」

　と言いかける平栗にパッと背を向けて、柳井尚子は足早に行ってしまった。

「新しい〈QQ〉か──」

　このところ、S出版の雑誌としては古い歴史を持つ〈QQ〉が、どんどん部数を落としていることは、いくら「窓際」の平栗でも知っていた。

「編集長がどこかへ飛ばされるらしい」

　という噂も聞いていた。

　しかし、それがまさか我が身にふりかかって来ようとは……。

　靴音も高く、柳井尚子が戻って来た。

「どうした？　忘れもの？」

　と訊《き》いた平栗に、いきなり柳井尚子はキスした。

　そして、呆然《ぼうぜん》としている平栗を後に、今度こそ行ってしまったのである……。

## 2　逃げられない罠《わな》

「片山さん！」

立石千恵が駆けてくる。

「やあ、ごめんよ遅くなって」

片山は車を降りると、「石津《いしづ》は知ってたね」

「どうも……。よく食べる方よね」

その印象しかない、というのも大したものである。

「今夜はそう食べてませんが」

と、車を運転して来た石津が言った。

「さっき弁当二つ食べたろ」

「二つしか食べていません」

「それより——お父さんは？」

片山は、捜査の途中で抜け出して来たので、大分遅い時間になってしまったのだ。

「私こそ、無理言ってごめんなさい。——まだ戻らないの」

マンションの前で、千恵は何時間も待っていた。

「心配だね」

「ねえ。——お母さんたら、冷たいんだもの。そりゃあ、お父さんがさっぱり仕事しなくて、そのせいで苦労してるのは分るけど……」

「まあ、落ちついて。お父さんがこのところ、そういう連中と付合ってたとか？」

「私は知らないの。だって、ほとんど口きくこともないし」

「口きかなくても暮していけるんですか。家族って凄《すご》いですねえ」

石津の言葉に、千恵は微笑んで、

「やさしいのね。石津さんの『彼女』にもなっちゃおうかな、私」

「僕には晴美さん、ただ一人！」

と、石津が断固として言ったが——。

「あれじゃないのか？」

と、片山が言うと、胴体の長い、大きなリムジンが静かにやって来た。

「あの車だわ！」

と、千恵が飛び上る。

「待って。僕に任せて」

その車が停ると、片山は降り立った運転手へと歩み寄り、

「警察の者ですが、立石みつぐさんはこの中に?」

「はい、後部座席においでです」

白手袋の運転手がていねいに答える。

「無事ですか?」

「それは……意味によりますが」

千恵が駆け寄って、

「お父さん!」

と、後ろのドアを開けた。

すると――三つ揃いのスーツの男が顔を出して、

「これはこれは」

と言った。「もしかして、立石みつぐ先生のお嬢さん?」

「え?」

「先生をお送りしましたよ」

片山が中を覗《のぞ》くと、アルコールの匂いが鼻をついた。

「泥酔してる……」

「酔っぱらってるの?」

「石津、手を貸せ!」

石津と片山が、すっかり酔い潰《つぶ》れている立石を車から運び出した。

「お父さん！——こんなに飲んで！」

と、千恵が腹立たしげに、「父に何のご用だったんですか？」

と言った。

「可愛いお嬢さんだ」

と、男は笑って、「私は鮫田。先生に色々お願いしたいことがありましてね。それでお近付きのしるしに一杯やっただけです」

片山は、立石がどう見ても酔っているだけなので、それ以上鮫田という男に文句も言えなかった。

「では、また改めて」

鮫田は、どこかまとわりつくような視線で千恵を見て、素早く車へ戻った。

「——でかい車ですね」

と石津が言った。「あの中で暮せそうだな」

「鮫田か……。でも、あまりまともな奴じゃなさそうだ。——ともかく、お父さんを部屋へ運ぼう」

「ごめんなさい。バケツの水でも、ぶっかけてやろうかしら！」

と、千恵はカンカンである。

――マンションは十二階まであって、立石の住んでいるのは十一階、〈1105〉である。

エレベーターで上っていくと、

「アルコールの匂いが、エレベーターの中に残るわ」

と、千恵が言った。

「誰だか分らないさ」

「分るわよ。こういう所って、必ず誰かが見てるの。きっと今の様子もよ」

エレベーターがガクンと揺れて止る。

「もう古いのよね。このマンションも、二十年近くたってるんだもの」

「少し手入れすればいいのに……。おい、石津、そっちの肩を支えろ」

「私、先に行って鍵《かぎ》あける」

と、千恵が駆けていく。

「サンダル……」

と、立石が呻《うめ》くように言った。

「サンダル？」

片山は、立石の足を見下ろして、「おい石津、見ろよ」

石津も目を丸くしている。

「――ごめんなさい」

ドアを押えていた千恵は、「その辺に寝かせておいて。後は私がやるわ」

「千恵ちゃん。これ、お父さんの靴？」

千恵は、トレーナー姿の父が、あのボロボロのサンダルでなく、ピカピカの新品の高級な紳士靴をはいているのを見て、

「これ……どうしたのかしら？」

立石は、相変らず、

「サンダル……」

と、呻いているのだった……。


「――どうもありがとう」

千恵は、父を布団へ寝かして、片山たちを下まで見送った。

「もういいよ。帰っていて」

と、片山は言った。

「見送りたいの」

千恵は両手を後ろに組んで言った。

「――おや、千恵ちゃん」

と、声がして、このマンションの〈206〉に住んでいる、狩谷《かりや》夫婦がやって来た。

「あ、狩谷さん」

「どうしたんだね？」

狩谷夫婦は、夫が七十四、妻が七十二という老人世帯だが、足腰が達者で、今のところ誰の世話にもならずに暮している。

「お父さんが酔い潰れて……」

「そうか。しかし、珍しいね」

「うん。物好きな人がおごったらしいの。めったにないから、きっと飲めるだけ飲んだのよ」

「なるほど」

狩谷貞吉《さだきち》は、ちょっと笑ってから、「こちらは刑事さんでしたね。確か……」

「片山さん、ですよね」

と、妻のとよが言った。「人の名前は、私の方がしっかり忘れないんですよ」

「お元気ですね」

と、片山は言った。

実際、この老夫婦を見ていると、誰しも、

「年齢《とし》をとるのも悪くないな」

などと思ってしまう。

「おかげさまで……」

と、とよがニッコリ笑って、「じゃ、失礼して……」

「そうだ。――千恵ちゃん」

「何ですか？」

「何か聞いてるかね。このマンションをきれいに直すって話」

「ここを？　いいえ、全然。そんな計画があるんですか？」

「小耳に挟んだんだが、業者らしいのが何人かこのところウロウロしてて。ここは直さないと、とか話してるらしいよ」

「へえ。きれいになるのなら、楽しいけど」

と、千恵は言った。

「まあね。しかし――問題は費用だ」

「あ、そうか。タダじゃないんだ」

「むろん、事前に説明があるだろうけどね。――じゃ、おやすみ」

「おやすみなさい」

千恵は、老夫婦を見送って、「――いいなあ。あんなご夫婦って。うちの父と母じゃ、とても無理ね」

と、ため息をついた。

片山たちが車で立ち去るのを、手を振って送ると、千恵は中へ戻ろうとして、マンションを見上げ、

「——改装か」

と、呟《つぶや》いた。「どうせなら、可愛いピンクにでも塗っちゃえばいいのに」

そして、小走りにマンションの中へと入って行った……。


「分る？」

と、柳井尚子は言った。「リニューアルして成功した雑誌なんて、ほとんどないのよ」

それは平栗も知っている。

売れ行きが落ちると、「リニューアル」と称して、内容を変えたり、表紙のデザインをいじってみたり、あちこち変えてみる。

しかし、たいていの場合、リニューアルすることで、元の読者を失い、新しい読者は得られず、失敗することが多い。

「特に、〈QQ〉は予算をぎりぎりまで削ってのリニューアルよ。あなたじゃなくても、誰がやったって、うまくいくわけないわ」

「じゃあ……」

と、平栗は言った。「僕をクビにするために、わざわざリニューアルさせるのかい？」

「あなた一人じゃないわ。新しい編集部のメンバーを見れば分るわよ。その全員を、『リニューアルの失敗』って口実でお払い箱にするのが社長の目的」

「そうか……。話がうますぎると思った」

と、平栗は言って、「でも――どうして君はそんな話を僕にしてくれるんだ？」

「ベッドの中ではおしゃべりなの」

――平栗は、大体柳井尚子に誘われて、こんなホテルのベッドに一緒に入っている自分が信じられなかった。

「私、あなたのこと、好きなの」

と、尚子は言った。

「ありがとう」

「でもね」

と、尚子は起き上って、「――もう帰った方がいいわ。奥さんがお待ち」

「うん……」

「平栗さん。でも、今の話を聞いても、ちっとも事情は変らないのよ」

と、尚子は言った。「分る？　あなたも、他の人たちも、〈QQ〉へ行くのを拒否はできない。そんなことしたらクビ。結果は同じでも、ともかく万に一つの可能性に賭《か》けてみるしかないのよ」

平栗は、尚子が服を着るのを、ぼんやりと眺めていた。

「次の就職先を捜すのに、少し時間がとれる、ってことくらいかしらね。違うのは」

と、尚子は言って、「じゃ、お先に。早く帰ってあげなさいよ」

「うん」

――一人になると、平栗はしばらく動かなかった。

静かな怒りがこみ上げてくる。

難しいと分っていても、みんな新しい雑誌のために、必死で働くだろう。分っていた。

そういう連中ばかりが、〈QQ〉に集められることになるのだろう……。

その挙句、社長の武居は、

「こんな数字でどうする!」

と怒鳴り、〈QQ〉は廃刊へ追い込まれてしまう……。

〈QQ〉がなくなっても、平栗にとってどうということはない。

しかし、その口実のために、何人もの馬鹿正直な社員が必死で働く、そのエネルギーと、人生の中の貴重な時間……。

それは二度と戻って来ないのだ。

「――ふざけるな、畜生!」

と、一人きりの部屋の中で、平栗は怒鳴った。

やってやる。――リニューアルした〈QQ〉に、アッと驚くようなスクープを載せてやるのだ。

「見てろ！――見てろ！」

平栗はバスルームへ駆け込むと、冷たいシャワーを思い切り全身に浴びたのだった……。

# 3 謀略

「千恵！——千恵！」

母の声が聞こえていなかったわけではない。

でも、今、千恵は出て行く気になれなかった。

「——おかしいわ。ロビーにいてね、って言っといたのに」

と、江梨子が言った。

「その内来るさ。パーティが始まる。行こう」

と、父、立石みつぐが促す。

「先生、どうも」

やって来たのは、あの鮫田という男。

「やあ」

「奥様も、わざわざ申しわけありません」

「いいえ、そんなこと——」

「娘さんは？」

「一緒に来たんですけど、どこかへちょっと……」

「じゃ、ともかく会場へ」

「何かしゃべるのかな、俺は？」

「ぜひ、ひと言。立石先生のお話があるとないとでは、会の盛り上りが違います」

声が遠ざかって、千恵は柱のかげから覗《のぞ》いてみた。

タキシード姿の（似合わない！）父と、少女のようなドレスを着た母の後ろ姿。

一緒にここまで来たものの、千恵はどうしても、あの格好でスピーチしている父を見たくなかった。

「――後で行って、ご飯だけ食べよう」

と呟くと、千恵はロビーをゆっくりと歩いて行った。

千恵は母に逆らって、セーラー服で来た。

浮かれている父や母と一緒に見られたくなかったのだ。

「ニャー……」

――足を止めて、

「今の……。ホームズ？」

と、見回すと、

「何してるんだい？」

ソファの上にヒョイとホームズが顔を出し、続いて晴美がいたずらっぽく笑って現われる。

「晴美さん！　どうしてこのホテルに？」

「学校のときのお友だちの結婚式。もう終ってね、帰ろうとしたら、千恵ちゃんが見えて」

「そうか。――ホームズ、元気？」

と、頭をなでると、

「フニャ」

と、ホームズもご機嫌。

「あなた、何してるの？」

「今日、パーティで……。お父さん、お母さんと三人で来たんだけど」

と、首を振る。

「いわくがありそうね」

「何だか変なんです」

ソファにかけて、千恵は言った。「あの鮫田って男と父が知り合って、三か月くらいですけど、一体何が目的なのか、さっぱり分らない」

「鮫田が相変らずお父さんを接待してるのね」

「それどころじゃないんです。この間なんか、車が来たの」

「車？」

「新車が一台。――びっくりして、『どうしたの？』って訊《き》くと、『鮫田が使ってくれと言ってるんだ』って。いくら何でも、そんなのおかしいって言うと、凄《すご》く怒って」

と、ため息をつく。

「妙な話ね。――見返りがなきゃ、ああいう男は決してお金をつかわないわよ」

「ねえ！　そう思うんです、私も。でも、最近はお母さんもすっかり『奥様』とか言われていい気になってて……」

と言いかけて、千恵は顔を輝かせて立ち上った。「片山さん！」

「迎えに来たんだ」

片山は、腕時計を見て、「十分遅刻だったな」

「おかげで千恵ちゃんに会えたわ」

「ニャー」

と、ホームズが鳴いた。

「――見て」

晴美が小声で言うと、「頭を低くして」

ロビーに、立石みつぐと鮫田が出て来て話しているのである。

「聞こえる所まで近付いてみよう」

と、晴美は言った。「お兄さんは目立つから、ここにいて」

「私も行く！」

と、千恵が加わり、結局、女二人と一匹がそろそろとロビーの柱とソファのかげを辿《たど》って、立石たちの方へ近付いて行った。

「――日程はこの通りです」

と、鮫田が言った。「いいですね、うまくやって下さいよ」

「分ってる」

立石は、大分酔っていた。

「先生、アルコールは話がすんでから、とあれほど言ったじゃありませんか」

「ちゃんと聞いてる。――大丈夫だ」

と、立石はむきになって言った。

「いいでしょう」

鮫田は肯《うなず》いて、「大体、スムーズに運ぶはずです。ただ、問題は〈２０６〉の狩谷夫婦です」

「あの年寄りか」

「二人とも、薄々感づいているし、それにあの年齢じゃ怖いものはない。反対してくるでしょう」

「しかし、他の連中が賛成なら――」

「老人をいじめる、という風にはしたくないんです。そこをうまくやって下さい」

「分った」

と、立石は肯く。

「いいですね。この大会がうまくのり切れたら、後は楽だ」

「仕事のことを頼むよ」

「忘れてやしません。しかし――漫画はもう描けない。そうでしょう？」

立石はたじろいだ。

「少し練習すりゃ大丈夫だ」

「どうかな。手が震えてますよ」

と、鮫田は言った。「ペンを持つ手が震えたら、絵にならんでしょう」

「だけど……」

「これをうまくやって下されば、うちの顧問に。どうです？」

立石はじっと鮫田を見て、

「給料は出るのか」

「ええ。そう多額というわけにいきませんが、その代り、こういう問題はいくらでもある。

先生が、その経験を語る、というので講演して回れば、その度に謝礼が入ります」

「同じ話でいいんだな」

「もちろんです」

「そうか……」

立石は息をついて、「漫画は二度と同じネタが使えない。苦しかった……。講演は、それに比べりゃ天国だ」

「じゃ、パーティに戻りましょう」

鮫田が立石の肩を叩《たた》いて言った。「スピーチしたら、いくら飲んでもいいですよ」

「早くすませようぜ」

笑い声がパーティ会場の中へ消えて行った。

「――どうも怪しいわね」

と、晴美が言った。「狩谷夫婦って――。千恵ちゃん、どうしたの？」

千恵は、床に立て膝《ひざ》をして座ったまま、声を殺して泣いていたのだ。

「千恵ちゃん……」

「恥ずかしい……」

と、千恵は絞り出すように言った。「いくら売れてなくても、お父さんは漫画家だったのに……。それが、手が震えて描けない、なんて……。同じ話をして金がとれるって喜んでるなんて……。恥ずかしい、私！」

すすり泣く千恵の肩に、晴美はそっと手をのせた。

何だか……部屋がクルクル回っているようだった。

どうしちゃったの？　何なの、これ？

「初めまして……」

快い声。爽《さわ》やかな、明るい声。

「高名な方の奥様にお目にかかれて光栄です……」

やめて、やめて！

笑っちゃうわ。「高名な方」？　「奥様」って柄じゃないのよ。

「しかし、お若くて、美しいですね。とても高校生のお嬢さんがおられるとは見えません」

お若くて……。そうね。何しろ、まだ三十三ですもの。

結婚が十六。――そのときは、幸せだと思ってた。十七で千恵を生んだときも、神様に感謝した。

でも――それも二、三年のこと。

「二人でゆっくりお話ししたいんですが……」

二人で？　二人きりで？

そりゃ構わないわよ。私はねえ、もう人妻を十七年もやって来たのよ。今さら若い男なんか……。

あんたなんか、ガキじゃないの！

「参ったな」

——え？

江梨子は目を開けていた。

「ここは……」

「大丈夫ですか？　酔いすぎてたんですよ、きっと」

江梨子は、飛び上りそうになった。

若い男と二人でベッドに入っている。自分が！　私が！

「あなたは？」

「ひどいなあ、忘れちゃったんですか？」

と笑って、「鮫田の秘書の大屋《おおや》啓介《けいすけ》です」

「ああ……」

漠然と思い出す。

「奥さん、すてきですね。若々しいし、情熱的で」

何も憶《おぼ》えてない。――でも、そうは言えなかった。

「ありがとう……。あなたもすてきよ」

年上なのだ。余裕を見せなくちゃ。

「――もう帰りますか?」

「ええ」

と言って、「今、何時?」

「三時です」

「三時って……」

「夜中の三時です」

江梨子は唖然《あぜん》とした。

「大変!　主人や娘が心配してるわ」

「娘さんはともかく、ご主人は大丈夫です」

「――どうして?」

「ご主人もこのホテルに泊っておいでです」

「え?」

「コンパニオンの女子大生と気が合って。――仕方ないですよ、何しろ有名人ですから」

江梨子は青くなった。

でも――ここは、取り乱してはいけない。

「そう……。そうね。仕方ないわね」

「もう少し、ゆっくりしていきますか」

江梨子は、夫も泊っていると思うと、急に対抗意識が芽生えた。

「――あなたはいいの？」

江梨子は目を輝かせていた。――少女のように。


人間なんて、似たようなものだ。

――平栗は苦々しく思った。疲れ切った体を椅子の中で伸した。

「編集長」

と、机の上の山積みの企画書の向うから声がした。

「おお、まだいたのか」

と、平栗は言った。

「はい。ワープロが途中で」

有田《ありた》令子《れいこ》の顔が見える。「今、終りました。お茶でもいれますか？」

「うん、頼む」

平栗は立ち上った。

さすがに、午前三時を過ぎると、編集部も人がいない。今は平栗と、事務を担当する有田令子の二人。

有田令子は二十四歳の、少し地味だが、よく働く子である。

「――どうぞ」

と、お茶を出してくれて、「凄《すご》い量ですね」

「うん」

「何か、面白いのがありました?」

「いや、だめだ」

平栗は首を振って、「同じものが三つも四つもある。人間の想像力は限界があるんだな」

「でも、もうそろそろ……」

「うん、そうなんだ」

平栗はお茶を飲んで、「君、何か面白い話はない?」

と言った。

「そうですね……」

――〈QQ〉のリニューアル第一号は、もうメインのテーマを決める時期に来ていた。

意気ごみはあっても、そう面白いネタは見付からない。

「私、古いマンションにいるんです」

と、有田令子が言った。「中古で安く買ったんですけど」

「うん」

「今度、改装工事するってことで……」

「リニューアルか」

と、平栗は笑った。

「そうですね。ただ……」

「何だい？」

「二階に年寄りのご夫婦がいらっしゃるんですけど……」

と、令子は言った。「そのお二人、心中しようとしてるんです」

平栗は思わず、

「何だって？」

と、訊《き》き返していた。

# 4　委任状

「風が冷たいね」

と、狩谷貞吉が言った。

「あ……。今日は」

マンションの近くのスーパーで、千恵は自分の好きなスナック菓子を買い込んでいた。

「もう寒くなる。年寄りには辛《つら》い季節だよ」

狩谷はそう言って、「あ、千恵ちゃん、すまんが、その豆腐を取ってくれないか。――その上の方のやつだ。ありがとう！」

「おばさんは？」

と、千恵は訊いた。

「うん……。少し具合が悪くてね。大事を取って、寝ているよ」

狩谷は、スーパーのカゴを手に下げて持っている。ウーロン茶などを買って、大分重そうだった。

「車のついたカート、持って来てあげる」

と、千恵は言った。

「ちょうど一台もなかったんだよ」

「空くのを待って、パッと使わなきゃ、待ってて！」

自分のカートを狩谷に頼んで、千恵はスーパーのレジの方へ駆けて行くと、カートの空いたのを素早くつかんで、ガラガラと押して行った。

「おじいちゃん、これ……」

と、棚の間を抜けて行くと――。

狩谷が床に倒れて、やっと体を起したところだった。

「どうしたの！　大丈夫？」

千恵は急いで駆け寄って、「転んだの？――お豆腐、潰《つぶ》れちゃったね」

カゴの中身が床に散らばっている。

「突き飛ばされたんだ……」

と、狩谷は言って、腰を押え、「打っちまった……、痛い！」

「突き飛ばされた？　誰がそんなこと……」

「見たことのない、若者だった。二、三人で通りかかったと思うと、足を払われ、尻《しり》もちをついた。それから手をつかんで立たせると、また突き飛ばした……」

「ひどい！」

千恵はスーパーの中を見回して、「お店の人に言って、一一〇番してもらおう」

「いや……むだだよ。もうとっくに出てってしまった」

狩谷は何とか立ち上って、「ありがとう……。散らばった品物を、拾ってくれるかい？」

「うん」

千恵は拾って回ったが、中には、パックしたおかずを、明らかに踏みつけていったものもあった。

「ひどいなあ……。どうしてこんなことするんだろ」

千恵は猛烈に腹を立てていた。

「ま……色々な人間がいるよ」

と、狩谷は曖昧《あいまい》な言い方をした。「ありがとう、もう大丈夫そうだ」

「でも、買物が……。同じものでいいんでしょ？」

「ああ……」

千恵は、狩谷の買っていた物を、もう一度取ってカートへ入れた。

「――マンションまで持っていくよ」

と、千恵は言った。

狩谷は、まだ腰が痛むらしく、千恵の親切に甘えることにした。

「すまんね」

スーパーを出ると、狩谷は息をついて、「君はやさしい子だな」

「当り前じゃない、これぐらい」

「いや、今は何でも得か損かで物事を決める時代だ。君のような子は珍しいよ」

「そうかなあ。――でも、友だちとか見てると、大人の目の前では生意気ぶってるけど本当は心細くて、誰かに頼りたいんだなって思う子が多いよ」

「そうかもしれんね。人間、ちょっと見ただけで判断しちゃいかんということだね」

二人は、もう少し薄暗くなったマンション近くの歩道を歩いていた。

「――おい」

目の前を、三人の若い男たちがふさいだ。

「この人たち？　スーパーで……」

「君は行きなさい」

と、狩谷が言った。

「そんなことできないよ」

「君はいちゃいかん」

と、狩谷が押しやろうとした。

「おい、じいさん」

不良という格好ではないのだ。三人とも、ちゃんと背広にネクタイ。

二十二、三か、年齢は若いが、サラリーマンらしいのが却《かえ》って気味悪かった。
「君らは、口がきけんのか」

と、狩谷が言った。「いきなり殴ったりけったりするしか能がないらしいな」

「何だと！」

「待て」

と、三人の中ではリーダーらしい男が、「おい、じいさん。用は言わなくたって分ってるはずだぜ」

「そうかね」

「委任状にハンコを押せ。それで全部すむんだ」

「それは断ったはずだ」

「わけの分らない奴だな。だから痛い目に遭うんだ」

三人が寄ってくる。千恵は思わずその前へ立ちはだかって、

「何するんだ！」

と、両手を広げた。

「千恵ちゃん、いかんよ」

「お巡りさんを呼ぶよ！」

と、千恵は言った。

「呼んでみろ」

と、男たちは笑って、

「ついでだ。この若いのは裸にして可愛がってやろうか」

狩谷が千恵を押しやろうとした。

そのとき――。

「お呼びかな?」

千恵は目を疑った。

「石津さん!」

石津刑事が立っていたのである。

「お巡りさんにご用と聞いたのでね」

と、石津がボキボキ指を鳴らす。

「何だ、こいつ?」

「やっちまえ!」

――三人とも、かなり「頭も悪い」ことが分った。

石津にアッという間に放り投げられ、ひねられて、三人は、腰をさすりながら、あわてて逃げて行った。

「ざま見ろ!」

と、千恵がピョンピョン飛びはねている。

「ニャー」

ホームズが晴美の腕に抱かれて顔を出した。

「よくやった」

片山も一緒である。

「片山さん！」

千恵が片山へ駆け寄ってその腕をつかむと、「狩谷さん！　この人、私の彼氏」

「こりゃどうも」

と、狩谷は礼を言った。

千恵がスーパーでの出来事を話すと、

「腕の一本ぐらいへし折ってやるんだった」

と、石津が悔しがる。「――あ、持ちますよ」

と、狩谷の荷物を持つ。

「狩谷さん。お話を伺いたくて来たんです」

と、片山が言った。

「というと……」

「マンションの改装について、賛同しない住人を力で追い出す、という事件があちこちで起っていましてね。何か取り返しのつかないことになる前に、事態を調べたいんです。上司の命令で」

「それはありがたい！」

と、狩谷は言った。

千恵が当惑した様子で、

「うちのマンションも改装するって、お父さんが言ってたけど……。じゃ、今の連中、それで狩谷さんのことを……」

千恵が固い表情になって、「委任状って何のこと？」

と訊《き》いた。

狩谷は難しい顔になり、

「それは……。千恵ちゃんの知らなくていいことなんだよ」

「そんなこと！」

「狩谷さん」

と、晴美が言った。「千恵ちゃんも子供じゃありません。ちゃんと本当のことを知った方が」

「——では、うちへ行きましょう」

と、狩谷はため息をついた。「女房は、神経をやられて、寝込んでいるんです」

狩谷について歩き出す千恵は、キュッと固く唇を結んだ。

「阿部《あべ》さん」

と、平栗は言った。「ちょっと」

「はい！」

阿部の大きな体がすぐ立ち上って、ドタドタと床を揺らしそうな勢いでやってくる。

「走らなくていいですよ！」

と、平栗はあわてて言った。

「すみません、編集長！」

「いや……。今日の社長や幹部への説明のときに、一緒に出席して下さい」

阿部の、大きな顔が真赤になった。

「私が――そんな重要な会議に出席するんですか」

「いや、一人じゃちょっと、心配でね。いいですね？」

「はい！　編集長のご命令とあれば」

と、直立不動になる。

もっとも、太っているので、直立不動になってもあまり変らない。

「その『編集長』はやめて下さいよ」

と、平栗は苦笑した。「では十分したら、会議ですから」

「はい!」

「一応、上着も着て下さい」

「安物ですが、よろしいでしょうか」

真面目にそう訊く阿部の言葉に、有田令子が必死でふき出すのをこらえている。

——阿部が緊張した様子で、

「ちょっとトイレに……」

と、行ってしまうと、

「やめといた方がいいかな」

と、平栗は呟《つぶや》いた。

「面白い人ですね、阿部さんって」

有田令子がワープロで打った文書を平栗の前に置く。「これでいいですか?」

「ありがとう。——上出来だ」

「コピー、しておきましょうか? その場で言われても……。むだになればメモ用紙にします」

「うん、頼むよ」

——平栗だって、正直なところ緊張している。

〈QQ〉のリニューアル第一号のメイン企画の説明をしなくてはいけないのだ。

ゆうべ、自宅で何度もやってみた。しかし、あの武居社長の前となると、あがってしまいそうだ。

ゆっくりとお茶を飲む。

有田令子が、いいお茶の葉を持って来ていれてくれるので、お茶を飲むのが楽しみになった。——〈QQ〉の編集長になって、唯一、良かったのはこれかもしれない。

阿部が戻って来たが、もう汗をかいている。

——阿部康之《やすゆき》は、平栗より三つ年上の五十二歳。

この〈QQ〉へ来る前は、庶務課の社員だった。

もう三十年近くも勤めているのに、係長ですらないのは、生真面目ながら、全く融通のきかない性格のせいだったろう。

決ったこと、言われたことは、何があってもやる。しかし、そこから先、自分で何か工夫するということのできない人間なのである。

——〈QQ〉の編集部へ移されて、当人は何をしていいのか分らずにいる。

平栗も、自分より年上のこの「大物」を、どう扱ったものか、困っているのである。

「——はい、どうぞ」

有田令子がコピーを置く。

「うん、ありがとう……」

一番上にメモ用紙。

〈頑張って！　うまく行ったら、帰りはお付合いするわ〉

それを読んで、平栗は思わず微笑んだのだった……。

# 5　不幸の始まり

「話にならん！」

と、武居努は言った。

「この十分間で四回もそうおっしゃいましたよ」

と、冷ややかに言ったのは、柳井尚子である。「会議室でなら、同じこと十回でも二十回でもくり返していいけど、食事中はやめて下さいません？」

柳井尚子は、もちろん武居努の秘書である。しかし、会社を出ると武居の「彼女」。正確には「彼女」の一人。

「おい、その口のきき方はやめろ。いつも言ってるだろ」

と、武居が渋い顔をしている。「ここはレストランだぞ」

「ですから私もそう申し上げてるんです」

いくら会社でいばっていても、一歩外へ出れば、女性の方が強い。

「分った分った。もう『話にならん！』とは言わないよ」

「分ってくれればいいの」

と、尚子もコロリと変る。

「しかしなあ……。あんなつまらん企画を出してくるとは話に……」

あわててチラッと尚子を見る。

尚子は、むろん聞いているが、聞こえていないふりをしていた。

「こんないいお肉、腹を立てながら食べたらもったいないわ」

尚子はステーキをペロリと平らげた。

「食べるとも！　残してなるもんか」

武居もステーキに取りかかった。話に夢中になると、食べることはお留守になってしまうのだ。

「何をそんなに腹立ててるの？」

「決ってるだろう。君もいたじゃないか。〈QQ〉の企画さ。リニューアルの第一号が〈老人問題〉？　全く！　センスのないこと、甚しい」

「でも」

と、尚子は苦笑して、「もともと潰《つぶ》すつもりのリニューアルでしょ。評判悪きゃ、却《かえ》って好都合じゃないの」

「そう言ってもな、あちこちで『リニューアルは大成功ですな』と皮肉られる立場になってくれ。ハッハッハ、と笑われても、一緒に笑わなきゃならん」

「分りますけど……」

と、尚子が言った。「私、そんなに悪いテーマじゃないと思ったけど」

「〈老人の自殺〉だぞ！　電車の中吊《なかづ》り広告を見ただけで誰も本屋で開いてもみないさ」

尚子はワイングラスを空にすると、ウエイターの方へ、ちょっと持ち上げて見せた。

ウエイターがすぐにやって来て、尚子のグラスを赤ワインで満たす。

「もし、あのウエイターが、間違って私の頭にワインを注いだら？」

「何だと？」

「見ていて、怒る？　笑う？」

「まあ……笑うだろうな。もちろん自分がかけられたら怒るだろうが」

「でしょ？　でも、かけられた当人は、服が台なしになるし、かけたウエイターも当然クビ」

「うん」

「特に、ウエイターの方には家族もあるだろうし、年老いた両親もいるかもしれない。それでも、みんな笑うわ。『他人の不幸』くらい面白いものはないのよ」

武居は、尚子が一人でワインを飲んでいるのも気がかりな様子だったが、

「それは分る。しかし――」

「今はね、五十代の人が凄《すご》く多いの。それに、その年代の人はお金を使う。一般的には、

まだパソコンなどになじみの薄い世代だから、本や雑誌に使う可能性が高い。——その五十代の人にとって、老夫婦がマンションの改装費が払えず、出て行くにしても、行く所がないって話は切実よ」

「——ふむ」

と、武居は考え込んだ。

「もし、本当に心中するつもりなら、それを独占で記事にして、マンション会社への恨みの手記を載せたら、インパクトもあるし、話題にもなると思うわ」

そう言って、尚子は、ワイングラスをまた空にした。——アルコールには強いのである。

「もう一杯いただいていい？　もうボトル一本分は空だわ」

「ああ。——俺はちっとも飲んでない。おい！　もう一本」

と、武居はソムリエに向って手を上げて見せ、「——ハーフボトルでいい」

「私は別に編集長じゃないし、どうでもいいんですけど」

「お前の言うことも一理ある」

武居は、会議のときには決して言わない言葉を口にした。「やらせてみるか」

「だめなら、それから考えればいいのよ。要は本当に心中があるのかどうかだわ」

武居はポケットから携帯電話を取り出した。

「ここじゃだめ！」

尚子に言われて、渋々立ち上り、レストランのクロークの方へと歩いて行った。

——尚子がいばっていると、武居も「常識人」になるのである。


「申しわけありません」

深々と頭を下げたのは、阿部だった。

「何です？」

平栗は面食らった。

「阿部さんがどうして謝るんですか？」

と、有田令子がやさしく言った。

——三人が飲んでいるのは焼鳥屋で、武居と柳井尚子のいるレストランとは大分違う。

「せっかく出席させていただきながら、ひと言の発言もできませんでした」

阿部はほとんど涙ぐんでいた。

「やめて下さい。阿部さんが何か言う場じゃないですから」

「しかし……」

「でも、社長さんもひどいわ」

と、令子が眉《まゆ》をひそめて、「編集長にした以上、任せればいいのよね」

「まあ、ああいう人だ。分ってる」

「別の企画といっても……」

「何か考えるさ。三日以内に出さないと」

平栗は令子へ、「すまないね。君がせっかく面白いアイデアを出してくれたのに」

「私……何だか責任感じて」

「よせよせ。――おい、日本酒、もう少し行こう」

――正直、平栗の腹の中は煮えたぎるようだった。

ろくに詳しい説明も聞かずに、

「そんなものが企画と言えるか！」

「お前は雑誌ってものが分ってるのか！」

と、頭ごなしに怒鳴られた。

社長にも腹が立つが、同席している取締役や部長には、殴りかかりたいほどの怒りを覚えた。

誰一人、平栗の案を理解しようとしないだけではない。我先に社長の真似をして、

「こんなもの当るわけないよ」

「社長のおっしゃる通りだよ」

と来る。

社長がどう言おうと、「おっしゃる通り」としか言えない連中なのだ。

「阿部さんに、みっともない所を見せてしまいましたね」

「とんでもない！　責任ある立場の方は大変ですね」

阿部はしみじみと、「私なんか、何の役にも立たない。——さっさとクビにしてくれりゃ、まだ諦《あきら》めがつくのに」

阿部の言葉を否定もできないのが、平栗としても辛《つら》いところだ。

しかし、阿部の気持に嘘はない。それだけでも嬉《うれ》しかった。

「——あら、平栗さん、携帯が」

「僕のか？　何だろう……」

わざわざ表へ出るような席ではない。気楽に取り出し、

「きっと女房だ。——はい、平栗」

すこし間があった。

「いやにやかましいな」

「は？」

「俺だ」

その言い方。やっと分って、

「社長。何か……」

いっぺんに酔いがさめてしまう。

「今日の企画だが、考え直してみると、悪くない」

「はあ?」

「その夫婦の心中を確実に独占記事にできるか?」

耳を疑った。

「——やります」

「よし。じゃ、それで行け」

「は?」

「いいな。TVや週刊誌に抜かれるなよ。アッと言わせる。リニューアルってのはこういうことだと見せてやれ」

「——はい!」

あんなに腹を立てていたのに、こうなると興奮してくる自分が、いささか情ない。

「どうしたんです?」

と、令子が心配して訊《き》くと、

「社長だ」

と、平栗は手の中の携帯電話を見つめて、「今、これで話してたよな、僕?」

「大丈夫ですか?」

「あれで行くぞ」

「──本当に？」

「有田君、例の夫婦と会いたい。段取りをつけてくれ」

「はい！」

令子も嬉しそうに言った。

「私でお役に立つことがあれば……」

と、阿部が身をのり出す。

「ありがとう。そのときは迷わずお願いしますよ」

「任せて下さい。力だけはあります！」

「乾杯だ！」

三人が日本酒の盃《さかずき》を打ち合せた。

考えてみれば、「他人の不幸」を願って乾杯しているのだから妙なものだが、今の三人には、リニューアルした〈QQ〉が、書店や駅の売店に山積みされている光景だけが見えていたのである……。


「ただいま……」

マンションの部屋へ入ると、立石江梨子は少しよろけた。あわてて壁に手をついて、

「千恵？──いないの？」

フラッとリビングへ入ると、「――何だ、いるんじゃないの」

ソファに、千恵が固い表情で座っていた。

「お帰り、くらい言いなさいよ」

江梨子は欠伸《あくび》して、「どうせ、お父さんはまだでしょ」

「どこへ行ってたの？」

千恵に訊かれた。

「――え？　お母さんのこと？　お母さんはね……色々お付合いが忙しいの」

「酔っ払って！　水でも飲んだら？」

「そう怒ることないでしょ」

と、江梨子は笑って、「――あ、そうか。夕ご飯、まだ？」

「自分で買って来て食べたよ」

「そう。悪いわね。気にしちゃいたんだけど……」

「私のことはいいの。他の人のことを気にしてよ」

千恵の挑むような言い方に、江梨子は眉をひそめて、

「何を言ってるの、あんた？」

「委任状」

江梨子はソファに座って、スーツのボタンを外して息をついた。

「——何のことよ」

「分ってるでしょ！　業者と交渉するのに、お父さんを住人の代表にして、委任状書かせて。それで鮫田のいいようにされてるんじゃない」

江梨子は固い表情になって、

「あんたには関係ないの」

「そんなことない！　現に、鮫田のとこの部下に脅されて出てった人もいるじゃないの！　急に引越してく人がいたりして、おかしいと思ってたんだ」

「色々事情があるのよ！　あんたは子供なんだから、そういうことは大人に任せときゃいいの」

「お父さんは利用されてるだけだよ！　必要なくなったら、紙くずみたいに捨てられるんだ」

「やめなさい！　誰がそんなこと言ってるの？」

と、江梨子は苛々《いらいら》と、「鮫田さんはね、ちゃんとお父さんの才能を認めて下さってるのよ。ちゃんと評価して、信用できると思って、ここの代表として任せて下さってるの。失礼でしょ、そんなこと……」

千恵は立ち上って、

「お母さん。本気でそう信じてる？」

と言うと居間を出て行った。

――江梨子は、何とも言えなかった。

今夜も、鮫田の秘書、大屋と会って来たのである。

六つも年下の大屋が自分を本気で愛してくれているとは思っていないが。しかし、会っている間は、そう信じているように感じられる。

それが肝心なことだった。

夫との暮しの中で、忘れかけていたもの――生きる喜びを、江梨子は思い出していた。

立石は立石で、真由美《まゆみ》とかいう若い女と「親しく」しているらしい。

少しもやきもちなどやかなかった。却《かえ》ってこっちも気が楽だわ、と思った。

そう……。

千恵の言うことは当っている。気にならないではない。

でも今は――逃がしたくない。手に入れたものを、離したくないのだ。

電話が鳴って、出てみると、酔った夫の声で、

「俺だ。今夜、少し飲みすぎてな。ホテルへ泊ってく」

「分ったわ」

「うん、それじゃ……」

――あの真由美とかいう女か。それとも他の女か。

大した違いはない。

「好きにすりゃいいんだわ。私も好きにするから」

と呟《つぶや》いて、受話器を戻す。

急に、この古いマンションが、寒々とするほど広く感じられた……。

# 6 崩壊

片山は、パトカーの中で眠ってしまっていた。

夢では長い休暇を取って、南の島の海岸で寝そべっている。

晴美が水着で波打ちぎわを走っている。石津は——後ろのホテルのテラスで何か食べている（！）。

そして、片山の隣の長いデッキチェアでは、ホームズがサングラスをかけて寝そべっているのだった……。

「片山さん！」

ドキッとした。

海の中から現われたのは、濡《ぬ》れた体を日射しに光らせながら笑っている立石千恵で、ビキニの水着は、若々しい体ではち切れそうだったのだ。

いかん！——この子はまだ「女の子」で、「女」じゃないんだ。

いくらそう自分へ言い聞かせても、片山はすでに貧血を起しかけていたのだ……。

「片山さん！　大好き！」

ドサッとかぶさってくる若々しい体。片山は、

「いけないよ！　くっついちゃだめ！　暑いだろ！」

と叫んでいた。「向うへ行って！　向うへ――」

「片山さん」

と、石津が叫んだ。「大丈夫ですか？」

――目を開くと、パトカーは細い道を辿《たど》っていた。

「石津か……」

「夢でも見たんですか？」

「うん……。何か言ってたか？」

「『向うへ行け』とか……。猛獣にでも追っかけられたんですか？」

片山は少し考えて、

「ま、近いかな」

と言った。

他の男なら、「いい夢だった」とさめたのを悔しがるかもしれない。

「――あそこですか」

と、運転していた警官が言った。「ひどいな、ありゃ」

煙が立ちこめている。

片山たちは、少し手前でパトカーを降りた。

消防車や救急車が何台か来ているので、狭い道は身動きがとれなかった。

「――何です、こりゃ？」

と、石津は言った。

アパートが――二階建の古いアパートだったが、崩れてしまっていた。

「ここだけ地震でも来たんですかね」

片山は、崩れた建物の方へ近寄った。

「危いですよ」

と、消防隊員が止める。「まだ崩れる恐れがあって」

一階部分が潰《つぶ》れ、二階が前へせり出すようにして落ちて来ている。

「中に人は？」

と、片山は訊《き》いた。

「分りません。入居は、三分の一ほどの部屋だけだったそうですが、今何人残ってるかとなると……」

「救助は？」

「今、応援がこっちへ向ってます。下手に手を出すと、また崩れて、けが人をふやすかもしれないので」

「分りました」

片山は、用心してアパートのわきへと回った。

警官に状況を訊くと、

「爆発音がして、一気に崩れたそうで」

「爆発？」

「はっきりしませんが、そういう通報でした」

片山は、無残に潰れた一階部分を覗《のぞ》き込んでいたが——。

立て札らしいものが、建物ではじき飛ばされたのか、足下にへし折られて落ちている。

片山はそれを拾い上げた。

手書きの文字で、〈マンション反対！〉とあった。

「何です？」

と、石津が覗く。

「ここも改築だろうな」

「あそこと同じですね。——あれ？」

石津は、その札に貼ってあるコピーした書類を見て、「片山さん、これ……」

それは、〈アパートにお住いの皆様に不利益となることは決していたしません〉という〈誓約書〉だった。

「これは……〈R企画〉とある」

「あそこと同じですか」

「鮫田という男の会社だ」

片山は、崩れたアパートへ目をやって、「――一度、会ってじっくり話を聞く必要があるな」

そのとき――。

「助けて……」

という声がした。

二人は顔を見合せ、

「片山さん、また夢でも？」

「俺の声じゃない！」

「誰か……」

アパートからだ。

二人が近寄って覗くと、潰れた一階の窓から、声が洩《も》れている。

「誰かいるのか！」

と、片山が呼ぶと、

「助けて……」

女の声である。

「おい、石津！　人を呼んで来い！」

「待って！」

と、女が言った。

覗くと、洗面所の窓らしく、白い洗面台と倒れて来た壁に挟まれて、若い女が動けずにいた。

「今、助けが来る！　頑張れ！」

と、片山が呼ぶと、

「もう私は……。この子を……。お願いします」

とっさにかばったのだろう、胸もとに赤ん坊をかかえているのだった。

「まだ動いてますから……。この子を何とか……」

女は挟まれて赤ん坊を窓の方へ差し出すことができないのだ。

「石津、引張り出せるか」

「やってみます」

石津は上着を脱ぐと、腕に巻きつけ、窓のガラスの破片を叩《たた》き落とした。

「狭いな……。でも、何とか入れます」

石津がその窓から頭を入れ、両手を差しのべると、

「この子を……」

「分った。——大丈夫だ」

石津が一杯に手を伸し、何とか赤ん坊をつかんだ。

「よし、離して。——片山さん！」

「引張るぞ」

片山が石津のズボンのベルトをつかんで、引張る。ズルズルと石津の体が出て来た。

「やった！」

と、石津が尻《しり》もちをつくと、とたんに赤ん坊がワーッと泣き出した。

「泣いたぞ！　大丈夫だ」

救急隊員が駆けつけて来る。

「待って！」

女が叫んだ。「もう一度……見せて下さい」

片山が泣いている赤ん坊の顔を窓から覗かせると、

「良かった……」

と、女が息を吐いた。

救急隊員が、毛布にくるんで赤ん坊を抱いて行く。

「——おい、しっかりしろ！」

片山は呼びかけたが、女は安心したのか、ぐったりと目を閉じてしまっていた。

「片山さん……」

「もう危険だ。――仕方ない」

石津は、あちこち破れたワイシャツ姿で、じっと唇をかんでいたが、

「片山さん！　もう一度引張って下さい！」

と言った。

「石津――」

「ここで見捨てたら、僕は晴美さんに合わせる顔がありません！」

と言うなり、石津はまた窓の中へ頭を突っ込んだ。

ミシミシと建物がきしむ。

「石津、危いぞ！」

と言いつつ、片山も逃げるわけにはいかない。

石津が、女の腕のつけねに手を入れると、

「片山さん！　引張って下さい」

と怒鳴った。

一分足らず後に、アパートは再び崩れたのだった。

「いてっ！——いてて！」

石津の悲鳴が響いてくる。

片山は苦笑して、

「あれが勇者とは思えないな」

と言った。

「ニャー」

ホームズが晴美の腕の中で鳴いた。

「お兄さん、これ、石津さんに渡して」

と、晴美が言った。

紙袋を片山が治療室の中へ運んで行くと、石津は上半身裸で、至るところにすり傷を作って、ベタベタとガーゼが貼られていた。

「おい、大丈夫か？」

「消毒薬がしみて……」

と、ため息をつく。

「晴美が、シャツやワイシャツを持って来たよ。これに替えろ。ボロボロだろ」

「晴美さんが外に？——じゃ、もう決して声を上げません！」

「無理するな」

と片山は言った。「あの母親、重傷だけど、命は取り止めるそうだ」

「良かった！　引張り出したときに、きっと肋骨《ろっこつ》の二、三本折ったかもしれませんね」

「諦《あきら》めなくて良かった。——晴美が、ごちそうすると言って待ってるぞ」

石津は感激に泣き出しそうだった……。

——片山は、病院の廊下へ出て、石津が出てくるのを待った。

「何だったの？」

と、晴美が訊《き》く。

「分らないが……。何人かが爆発音を聞いてる」

「誰かが爆薬で？」

「住民が少なくとも五人は死んでる。そんな無茶をするとは思えないけど……」

「でも、やりかねないわ」

「もちろん、爆発物の痕跡《こんせき》を調べてる。もし——あのR企画の鮫田が係《かかわ》ってるとしたら……」

「とんでもない男ね」

「裏のありそうな奴だ。洗ってみる必要があるな」

片山たちが話していると、

「この方ですよ」

と、看護婦がやって来て、「奥さんとお子さんを助けてくれたのは」

ツイードの上着を着た、三十代半ばくらいの、少しくたびれた感じの男だった。

「久保田《くぼた》と申します」

と、男は言った。「女房と子供を救って下さったそうで……」

「ああ、ご主人ですか。運が良かったんです。——実際に助けたのは、今、中ですり傷の手当をしています」

「何とお礼を申し上げていいか……。紀代子《きよこ》はまだ目が覚めてませんが、透《とおる》の方は元気にしていました」

「良かったですね」

と、片山は言った。「ところで——あんなことになったのは……」

「何といっても古くて。きっと、ちょっとしたことで柱でも折れたんでしょう」

と、久保田は言った。

「実は——」

と、片山は身分を明かし、「あのアパートを壊してマンションにする計画があったんですか?」

「え……。ええ、まあ……」

「何か、それに関してトラブルは?」

「いや……。ま、各人に事情はあるんで、反対する者もありましたが……。トラブルってほどのことでは……」

「R企画の鮫田という男、会ったことはありますか？」

「いえ、私は何しろ今無職で、失業中なものですから、自分の身で手一杯でした」

「すると、交渉に当っていたのは？」

「アパートの〈103〉に住んでる、高木《たかぎ》さんです」

片山はちょっと肯《うなず》いて、

「その方は亡くなりました」

「そうですか！——いい人でしたが」

久保田は落ちつかない様子で、「では、これで……。色々しなきゃならんことが……」

「奥さん、お大事に」

「ありがとうございます。——どうも」

久保田が足早に立ち去る。

「何だかソワソワして変ね。——ホームズ！」

ホームズが久保田の後を追うように駆けて行った。

「待ってよ！」

晴美も走って行く。

——夜になっていて、病院の中は静かである。

話し声がした。

「——鮫田さんを。——ええ、そうです。——久保田です」

電話している。

晴美は、廊下の自動販売機のかげに身を寄せた。

「もしもし、久保田です。——はあ、アパートは潰《つぶ》れました。——ええ、高木さんは亡くなったそうで」

久保田の声は、淡々としている。「——はあ、それが……。女房、子供は助け出されたんで。——ええ、運の強い奴です。——大丈夫です。知りゃしませんから」

晴美は耳を疑った。

「——ええ、またチャンスがあれば。——保険も、けがして入院してる分、おりると思いますが。——当てにしてた金は入らないんで、何とかして下さい。——ええ、そうすぐにやっちゃ、疑われますから。——分ってます。——それじゃ」

久保田は妻に保険をかけていた。

そして当然今日の崩壊で、死ぬと思っていた……。

ひっかいてやろうかしら！

晴美は、久保田が口笛を吹きながら歩いて行くのを、そっと見送った。

久保田の行く手を遮るように、ホームズが座っていた。

「何だ！――びっくりさせるなよ。猫か」

久保田は笑って、「なあ、儲《もう》けそこなったんだ。同情してくれよ。当てにしてたのにな……」

久保田が立ち去るのを、ホームズはじっと見送っていた。

晴美は急いで戻ると、

「お兄さん！」

「何だよ。びっくりするじゃないか」

「あの奥さんと赤ちゃん、すぐ病院を移すのよ」

「何だって？」

「でないと、あの亭主に殺されちゃうわ！」

晴美の話に、片山も唖然《あぜん》として、

「分った！　極秘で入院させよう。しかし――久保田を張っていれば何かつかめそうだな」

片山は急いで栗原《くりはら》警視へと電話した。

「やあ、お待たせしました！」

石津が元気一杯で現われると、「何でもいくらでも入ります！」

と、宣言したのだった……。

# 7　行脚《あんぎや》

「どんなマンションにも、一人や二人は、何にでも文句をつける人間がいるものです」

と、立石はマイクを手に言った。「考えてみて下さい。大きいマンションなら、数百人にもなる。その人たちが、ほんの一握りのわがままな連中に振り回されているのが現実です！」

もう一方の手に水割りのグラス。それをガブリとやりながら、

「──また、そういう連中を支持するとか言って、署名運動なんか始めるのが必ずいます。そこに住んでるわけでもないのに、大きなお世話だ！」

パーティ会場にドッと拍手が起る。

立石はいい気分だった。

「そういう奴らに限って、『民主主義』なんてことをお題目みたいに唱えてる。そんな奴ら、放り出しゃいいんだ！　大多数の人が望んでいることを、一部のわがままで邪魔される。それが民主主義なんて、おかしいじゃないですか！」

再び拍手。

「いいぞ！」

といったかけ声も飛ぶ。

「何か大きいことをやろうとすりゃ、必ず少しの犠牲は出るんです。それを大げさに言って、同情してたら、何一つ、事は成りません！　断固とした意志！　これです！　マスコミがどう書いても気にしない。読んだ人たちは、次の日になりゃ、もう忘れてます」

深く肯く客もいた。立石は頬を紅潮させて、

「大多数の幸福！　これが正義です！　いやな奴には出てってもらえばいい。誰も、そんな連中にいてほしいと頼んでるわけじゃない」

「そうだ！」

と、拍手する客。

「むしろ、そんな連中との交渉に手間どって、改築が遅れたら。――住民の快適な暮しの実現が遅くなるんです。その方がよっぽど大きい問題です！　私のマンションは、この断固たる方針によって、ごく一部の反対者を退け、すでに改築にかかっています！」

立石は、鮫田が傍で肯いて見せているのに気付いた。――もう充分だ、という合図である。

「では……ご清聴ありがとう」

唐突に話が終ったが、聞いている方もパーティの席でアルコールが入っているから、気

にとめる者はない。

それどころか、壇を下りた立石は、方々から寄って来た男たちに握手を求められ、

「いや、胸がスッとしました」

「先生のお話はもっともです！」

「ぜひ、うちの方のマンションの住人にも話を……」

と、話しかけられる。

「や、どうも……。ありがとう！　どうも……」

立石は大分酔いが回っていて、何を言われてもよく分らない。

「先生、一緒に写真をお願いします！」

と一人が言い出すと、たちまち人が沢山寄って来て、パッパッとフラッシュが光る。

「家宝にします！　サインを！」

と言われたりして……。

立石は正に舞い上っていた。

「――さあ、こっちへ」

鮫田の秘書、大屋が立石の腕を取って、パーティから連れ出した。

「何だ……。まだパーティは終ってないじゃないか。もう少し飲ませろよ」

と、立石は文句を言った。

「後は部屋で飲んで下さい」

大屋は、エレベーターに立石を押し込んで、「これがルームキーです。明日は朝七時に起しますよ！　早く寝て下さい！」

と、立石のポケットへルームキーを入れてやった。

「フン……。人を子供扱いしやがって」

エレベーターで一人になると、立石はブツブツ言った。

ホテルでの暮しがこの何日か続いている。

途中、一日家へ帰っては、また出かける。――面倒とはいえ、やることは今夜と同様、業者のパーティで、あの手のスピーチをして拍手喝采《かっさい》を受ける。

いい気分ではあった。

それに、漫画のネタと違って、同じことを何度でもしゃべればいいのだ。パーティに来ている経営者は大方喜んでくれて、各パーティで、たいてい一人や二人は、

「ぜひ、私どもの方でも今のお話を」

と頼まれる。

もちろん、酒の席でもあり、どれもが本当というわけではないが、後で鮫田がきちんとギャラまで決めて話を回してくることも珍しくない。

こうして、ますます立石は忙しくなるのだった……。

エレベーターの扉の開く音で、ハッと目が覚める。エレベーターの中で、立ったまま眠っていたのか。我ながら感心する。

いささか酔いが回って、廊下を危っかしい足どりで歩いて行く。

ここか……。

ルームキーを出して、ドアを開けようとしたが、キーを落としてしまう。

「畜生……。もっと落ちないキーにしろ」

と、無茶なことを言っていると、誰かがヒョイとルームキーを拾って、ドアを開けてくれた。

「や……。ありがとう」

見れば——二十歳そこその、可愛い女の子である。

何だ、こりゃ？　タヌキかキツネか？

「大丈夫ですか？」

と、女の子は言った。「ずいぶん酔ってますよ」

「少しはね。——少しは。これぐらいね、酔ってる内にゃ入らないんだよ。いや、本当に！」

立石は中へ入って、つんのめって転びそうになった。

「危いなあ！　ほら、しっかりして！」

と、女の子に支えてもらって、

「いや、すまんね……。なに、平気、平気。俺はね、漫画家なんだ。漫画家なんてね、こんなもんじゃないんだ。この何倍も酔って、表の通りで寝てたって、平気なんだ。きたえてあるんだよ……。おっと！」

ドサッとベッドに腰をおろして、その弾みでベッドの上に仰向けに引っくり返ってしまった。

「やれやれ……」

と笑って、「——君は？」

「私、先生がいらしてるって聞いて、会いに来たんです」

と、女の子は言った。「ホテルの人から、こっそりルームナンバーを教えてもらって、ずっと待ってたんですよ」

「そりゃ失礼。——君が待ってると分ってりゃ、もっと早く切り上げて来たんだがね」

「私、漫画家志望で」

と、少しもつれる舌で言う。

「そうか！　そりゃいい」

「ぜひ、先生にお会いしたかったんです。プロとしてやっていくのに何が必要か」

と、女の子は言った。「でも、お疲れのようですし、もう帰ります」

「うん……」

「頑張って下さい。——それじゃ」

と、女の子は出て行こうとする。

「君ね……」

立石は、ほとんど我知らず、女の子のスカートの端をつかんでいた。

「やめて下さい」

と、女の子は振り向いて言った。

怒ってはいない。笑っている。

「もう少しゆっくりして行かない？　シャワーを浴びると、酔いもさめる。——ね？　君の相談にものってあげられるかもしれないよ」

「相談に？」

と、女の子は口もとに大人びた笑みを浮かべて、「——でも、そう簡単に終りませんよ、私の相談」

「じゃ、ゆっくり話し合おうよ。ね？」

立石は胸苦しいようなときめきを覚えていた。

真由美との付合いも続いているが、コンパニオンで、鮫田からお金をもらって、立石の相手をしていることを隠そうとしない。

魅力的ではあるが、真由美はむしろ「立石と付合ってやっている」というところがあるのだ。

その点、この子は立石に自ら会いに来た。そして、立石に抱かれてもいいと思っているらしい。——そんなことは初めてだった。

「君、いくつ？」

と、立石は訊《き》いた。

「いくつに見える？」

「二十歳……くらい」

「大人に見える、そんなに？」

と、笑って、立石の方へ身をかがめ、キスして来ると、「十八よ、まだ」

「十八か。——うちの娘と二つしか違わないね」

「娘さんのことなんか思い出さないで」

女の子は立石をベッドへ押し倒すようにして、「——今夜は私のことだけ考えて……」

「ああ……」

「私の名はナミ……」

「ナミ、か」

「初めまして」

と、ナミは含み笑いをして、「よろしくね」

と、自分から抱きついて来た。

——立石がシャワーを浴びたのは、結局明け方近かった。


「転院した？」

久保田清《きよし》は、医師の話を聞いて面食らった。「しかし、そんな話は少しも——」

「そうですか。じゃ、連絡がとれなかったんでしょう」

と、若い医師は肯《うなず》いて、「奥さんのけがを診ている内に、検査のとき、内臓に少し悪いところが見付かりましてね」

「はあ……」

「それの専門のいい病院があると担当の先生がおっしゃったんです。奥さんも、ぜひそこで治療を受けたいとおっしゃって」

「それは——」

「いや、命に係《かかわ》るような病気じゃないんです。でも、治療に手間がかかるというので、転院していただいた方が便利だってことになったようでして」

「そうですか。それは……。いや、もう大変ありがたいことで」

久保田はかなり焦っている様子だった。「それで、紀代子と透は今、どこの病院にいるんでしょうか」

　すると、医師が首をかしげて、

「僕もよく知らないんですよ」

　と言った。

「そんな！　女房の転院先が分らないっておっしゃるんですか？」

「いや、そうじゃありません。担当の先生がご存知ですから。待って下さい」

「はあ……。いや、大きな声を出してすみません。心配なもので、つい」

「分りますよ。ちょっとお待ち下さい」

　——医師がナースステーションの方へ歩いて行くと、久保田は息をついて、汗を拭《ぬぐ》った。

　午後、病院の中では、早い夕食が配られる時刻である。

　久保田が立っていると、ガラガラと、沢山の食事の盆をのせた車が押されて来て、久保田はあわてて傍へ退いた。

　久保田は、風呂敷《ふろしき》にくるんだ弁当箱をしっかり抱え込んでいた。

「ちょっと失礼します」

　反対側から、オシロスコープの機械をのせた台を、看護婦が押して来る。

　久保田は、両方に挟まれる格好で、廊下で立ちすくんでいた。

　久保田を挟んで、食事の台車と、もう一つの台車がすれ違う。

「アッ！」

台車の車輪の一つが、久保田の足にぶつかった。

久保田はよろけて、看護婦の腕につかまった。

「キャッ！」

看護婦が身をよじってよけた。「何するんですか！」

手でぐいと押しやられて、バランスを失っていた久保田は廊下に尻《しり》もちをついてしまった。

抱えていた弁当箱が転り落ちる。

「おい……」

久保田が何か言いかけたときには、もう看護婦は行ってしまっていた。

「——どうかしましたか？」

と、大柄な医師がやってくると、「大丈夫ですか？」

と、久保田の手を引張って立たせてくれる。

ところが、その力が強すぎて、久保田はよろけて、また転んでしまった。弁当箱は落っこちて、ふたが外れ、中身が散らばった。

「やあ、失礼！　力を入れすぎたな」

「何だっていうんです……。せっかく女房のためにこしらえて来た弁当を……」

久保田は立ち上って呆然《ぼうぜん》としている。

「——どうかしましたか」

と、さっきの若い医師が戻って来る。「おやおや。これは申しわけない。おい、これ、片付けて！」

と、人を呼んで言いつけると、

「今、調べたんですがね、担当の先生が休みを取られてて、よく分らないんです」

「そんな馬鹿な……」

「全くね。ただ、その先生の個人的な知り合いを通して転院を頼まれたということなんで、他の者じゃ分らなくて。その先生がみえたら、すぐ調べてご連絡しますから」

「はあ……」

「じゃ、予定があるので、これで。——あ、ちゃんとこぼれたものは片付けておきますから」

「どうも……」

久保田は、弁当箱を布でくるみ直し、わけの分らない様子で帰って行く。

「——少しやりすぎたかな」

大柄な力持ちの医師——石津が言った。

「いいのよ、大丈夫」

と、やって来たのは、さっきの看護婦――晴美である。

片山は、その様子を病室の中から見ていたが、出て来て、

「よし、石津、あいつを尾行するぞ」

「はい！」

石津は白衣をパッと脱いで、晴美へ渡すと、片山を追って行った。

「――じゃ、先生、このこぼれたお弁当の中身、よく調べて下さいね」

と、晴美が言うと、

「任せて下さい」

若い医師――これは本物だ――はニヤリと笑って、「もし毒薬でも入れてあれば、見逃しやしません！」

と、力強く言った。

「ニャー」

ホームズも、一部始終を廊下の隅で眺めていたのである……。

# 8　心中計画

車が停って、窓から顔を出した平栗は、そこのベンチに腰をおろしている老人へ、

「失礼ですが、狩谷さんですか」

と、声をかけた。

「はあ」

狩谷は立ち上って、平栗の車の方へやって来た。「お電話いただいた……」

「そうです。どうぞ乗って下さい」

狩谷は、少し迷いながら助手席のドアを開けようとした。

「こちらへ」

と、後ろのドアが開く。

「あんた……」

「有田令子です、七階の。――どうぞ」

狩谷は見知った顔を見てホッとすると、後ろの座席に乗り込んだ。

「――すみません」

車が走り出すと、有田令子が言った。「黙っててごめんなさい。私、マスコミの人間なので、お話ししても却《かえ》っておいやかと思って」

「そうかね。いや、一人暮しで、いつも帰りは遅いし、何をしてる人かしらね、とうちの奴がよく言っているよ」

「怪しげな仕事かと思われたかな」

と、令子は微笑んだ。

「いやいや、そんなことは見れば分る。集会でも、ちゃんと意見を言うし、しっかりした娘さんだと思ってたよ」

「でも——あの立石にはすっかり騙《だま》されました」

と、令子は眉《まゆ》をひそめて、「私、普通の時間に帰れないので、つい委任状を出しちゃって……」

「無理もない、みんな忙しいからね」

と、狩谷は肯《うなず》いて言った。

——まだ昼間、午後の三時だというのに、夕方のように薄暗い。冬のように冷たい風の吹く日だった。

「寒い中、お待たせしてすみません」

車を運転している平栗が言った。「近くまで来て、少し迷いまして」

「いや、大丈夫ですよ」

と、狩谷は言った。「お話というのは……」

「お住いのマンションの改装について、一部の反対の方へ、色々圧力があるとか、有田君から聞いたんです。それで私どもの雑誌で取り上げたいと思いましてね」

平栗は車を人気のない並木道で停めた。

「それはありがたいが……、もう手遅れです」

「分ってます」

と、令子が言った。「ほとんどの方は委任状を出すか、立ちのいてしまわれて、今、まだ反対の立場で頑張っておられるのは、狩谷さんの所ぐらいでしょう」

「それも、いつまで頑張れるか……。もう、改装業者の方は、準備を進めている」

狩谷はため息をついて、「私どもには、そんな費用を分担する余裕はない。それなら出て行け、と言うんですから……」

「ひどい話だ」

と、平栗は肯いて、「誰か間に入ってくれる人は?」

「何人かの方に相談もしましたが、手遅れだと言われ……。反対の家が少ないので、どうしようもないと……」

「でも、その賛成反対の採決のとき、住民の代表に、有名人を出して、業者と交渉してもらおうと言い出した人がいて……。あれが向うの手だったんです」

と、令子が言った。「立石みつぐなんて、私、ぜんぜん知らなかったけど」

「あの人が、すっかり鮫田という男の言うなりと気付いたときはもう遅くて……。私同様、お金の出せん人たちは、それぞれ子供さんたちの所へ行ったり、ホームへ……。しかし、それにも金がかかる」

と、狩谷は首を振って、「気の毒なのは、老後、せっかくご夫婦で仲良く暮しておられたのに、子供さんの所へ行くとなると、二人も面倒はみられないと言われ、今になって離れ離れにさせられている人たちです」

「残酷ですね」

「いっそ死んじゃった方が、と、出て行くとき泣いていたおばあさんもおられましたよ。――別々になって、気が抜けたようになり、亡くなってしまった方も。――どうしてこんな世の中になったんでしょうかね」

平栗は何度も肯いて、

「たとえ、改装を止めることはできなくても、そういう悲しみを、私どもの雑誌で取り上げたいんです。力を貸していただけませんか」

と言った。

「それはもう……。こんなことでよろしいのなら、いくらでもお力になります」

「ありがたい。——有田君を連絡係にして、細かい点を打ち合せたいと思います」

「分りました。工事がいつ始まるのか……」

「それは私が調べます」

と、令子が言った。

「ただ……女房が、体調を崩していましてね……」

「それはいけませんね」

「連中のせいなんです！」

狩谷の声に憤りが溢《あふ》れた。「夜中に電話して来たり、ドアをガンガン叩《たた》いたりして、『委任状に判を押せ！』と怒鳴る。あれは暴力団です」

「実際の暴行を受けたこともあるとか」

「ええ、私もやられました。しかし、けがでもしない限り、警察は何もしてくれん。——ああ、個人的にはいい方もいますがね」

「何かお力になれることがあれば、おっしゃって下さい」

と、平栗は言った。「じゃ、マンションまでお送りしましょう」

「恐れ入ります……」

と、狩谷は言った。

——マンションの前で、狩谷は平栗の車から降り、何度も頭を下げた。

二階だから、階段を上ることが多いが、今はエレベーターが一階にいたので、エレベーターを使うことにした。

二階の〈206〉が狩谷の部屋だ。

玄関の鍵《かぎ》をあけようとして、眉をひそめる。――鍵がかかっていない！

かけ忘れたか？　いや、妻、とよが寝込んでからは、念を入れて、確かめている。

不安になって、急いでドアを開けると、急に冷たい風が吹き抜けて行った。

どうしたんだ？

「おい！　大丈夫か！」

狩谷は急いで上った。

寝室を開けると――正面の窓が一杯に開け放してあって、カーテンが翻っている。部屋は冷蔵庫のように冷え切っている。

「あなた……」

とよは、毛布にくるまって、部屋の隅に小さくうずくまっていた。

「どうした！」

狩谷は駆け寄って、青ざめて震えている妻の肩をつかんだ。

「窓を……閉めて」

「ああ。分った」

急いで窓を閉めると、とよを抱きかかえて、暖い部屋の方へ連れて行く。

「男の人たちが……」

と、とよがかすれた声で言う。「勝手に入って来たの……」

「鍵をあけて?」

「かかってなかったと言ったけど、合鍵を使ってるみたいだった……」

「何て奴らだ」

「そして、中が臭う、と言って、空気を入れかえてやろうと……。窓を開け放して、私をけとばして……」

「すまん! もっと早く帰ってれば……」

「いいえ……。あなたがいたら、きっとけがさせられてたわ……」

「待ってろ。今、温いものをこしらえてやるからな」

狩谷は、急いでストーブを点《つ》け、それから台所へと立って行った。

怒りで体が震えた。

久保田は、華やかなパーティの会場をそっと覗《のぞ》いて、ゴクリとツバをのんだ。

グラスの触れ合う音、そして温い料理の匂い……。

しかし、今の久保田の格好では、とても中に入れなかった。

「何かご用ですか？」

と、声がして振り向くと、ホテルのガードマンが立っている。

「いや、ちょっと……」

つい、口ごもると、

「関係ない方は、このフロアには入らないで下さい」

ガードマンの目は、あからさまに、「お前の来る所じゃない」と言っていた。

久保田の中に、やり切れない怒りがこみ上げて来た。——今は失業してるといっても、それは俺のせいじゃないぞ。

汚ないものを見るような目で俺を見るな！

久保田は精一杯胸を張って、

「実は、このパーティにいらしてる、R企画の鮫田さんに用があるんです」

と言った。

「R企画の代表の鮫田さんのことですか？」

ガードマンはいぶかしげに、「ご用というのは……」

「久保田と言ってもらえば分ります」

自信ありげな言い方に、ガードマンも多少動揺した。

「——ちょっと待ってて下さい」

と言うと、パーティの受付にいた女性に話をした。

その女性がパーティの中へ入って行き、少しして戻ると、離れて立っていた久保田の方へやって来た。

「久保田様でいらっしゃいますか」

「はあ」

「今、鮫田が参りますので、少しお待ち下さい」

「分りました」

久保田はホッとした。

ガードマンは、それを見ていて、何だか面白くなさそうに行ってしまう。久保田はその後ろ姿へ、

「ざま見ろ」

と、言ってやった。

「——やあ、どうした?」

鮫田がやって来た。

「鮫田さん、すみません。来ちゃいけないと思ってたんですが」

「もう来てるんだから、仕方ないさ」

鮫田は笑みを浮かべていたが、目は笑っていない。

「すみません。実は女房が病院を移っちまったんです」

「何だって？」

久保田が事情を説明すると、鮫田の顔からは笑みも消えた。

「どうなってるんでしょう？」

鮫田は、それには答えず、

「それで、持って行ったのか？」

「はい。――でも、いないもんで、食べさせるわけにもいかなくて……」

「そうか」

「おまけにぶつかられて、弁当箱を引っくり返しちまって」

「――どこで？」

「病院です。散々でしたよ」

鮫田の目には、怒りが覗いたが、久保田はまるで気付かない。

「それで、ここへノコノコやって来たのか」

「すみません。実は――金がなくて、晩飯も……」

「渡してあるだろう」

「あれは……つい、競馬に行って――。悪い友だちに誘われて、断れなかったんです。すいません！」

「いや、仕方ないさ」

鮫田は、急に穏やかな口調になった。「悪いが、今はすぐパーティに戻らなきゃならない。終るまで待っててくれないか」

「そりゃもちろん……」

本当は腹が空いていたが、そこまでは言えず、おとなしく待つことにした。

「じゃ、このフロアの反対側に、化粧室と電話ボックスの並んでいる所がある。そこにいてくれ」

「分りました。――すみません」

久保田が頭を下げたときには、もう鮫田の姿はパーティの会場へと消えていた。

やれやれ……。

やっぱり、金が手もとにあると、つい目はギャンブルの方へと向く。長年こうしてやって来たんだ。今さら変えられやしない……。

――久保田は、鮫田に言われた通り、ロビーの反対側へと歩いて行った。

早くパーティが終ってくれるといいけどな……。腹が減って、目が回りそうだよ。

ソファに腰をおろして、大欠伸《おおあくび》をする。

パーティのにぎわいが聞こえてくるが、この辺は人もいない。静かで退屈で……。

ソファに身を沈めている久保田が、ついウトウトしていたのも当然かもしれない。

ふと目を開けると、ピントが合わないくらい間近に、男の顔があった。

「あの……」

「眠ってた方が良かったよ」

その男の声で分って、

「ああ、どうも……」

と言いかけた久保田の首に、細い紐《ひも》が巻きついていた。

一瞬、その紐がギュッと引き絞られて、久保田は大きく目を見開いた。

紐は更に深く深く久保田の首に食い込んで、その息の根を絶つのに、何分もかからなかったのである……。

# 9　別れ

自分で鍵《かぎ》をあけて入るのが、もう毎日のことになってしまった。

千恵は、「ただいま」も言わずに、玄関から上って、「アーア」と伸びをしながら自分の部屋へ行こうとすると、急に出て来た誰かとぶつかりそうになった。

「キャッ！」

と、思わず鞄《かばん》を落っことしてしまう。

「ああ、びっくりした」

千恵は、自分とあんまり違わないような若い娘が、下着姿で立っているのを見て、呆気《あっけ》に取られた。

「——びっくりしたのはこっちよ！　誰なの、あんた」

と、千恵が言うと、

「私、倉田《くらた》ナミ」

と、平然と名のって、「あんた、先生の娘？」

「先生の……」

千恵は、寝室から父が顔を出したのを見て、「お父さん。帰ってたの」と言った。

「何だ、早いな」

千恵は大して腹も立たなかった。父とこのナミという女の子の格好を見れば、どういうことなのかはいやでも分る。

「早過ぎてお邪魔だったみたいね」

「ううん、いいのよ。ちょうど終ったとこ」

ナミという女の子は平気なもので、「シャワー、浴びるの。あんたのバスタオル、借りるわね」

「ちょっと！　やめてよ！　私のバスタオルなんか使わないで！」

と、千恵は女の子の腕をつかんで止めた。

「痛いわね。何すんのよ」

「おい、千恵。やめろ」

と、立石は言った。「ナミ、俺のバスタオルを使ってろ」

「はいはい」

ナミがバスルームへ入って行く。

千恵は父を見て、

「いい加減にしてよ」

と、冷ややかに言った。

「ちょっと……成り行きなんだ」

「外で会って来てよ！　帰って来なくてもいいから」

千恵はやり切れない気分で、自分の部屋へ入り、何かにぶつけたい怒りをこらえて、部屋の中を、しばらく歩き回った。

ドアが開いて、立石が顔を出す。

「勝手に開けないでよ！」

と、千恵が怒鳴る。

立石は目をそらして、

「客だ」

と言った。

「お客？」

「うん。――お前に会いたいそうだ」

そう言って、立石は行ってしまった。

千恵は仕方なく玄関へと出て行った。

「――狩谷さん」

「やあ」

狩谷は、ひどく疲れて見えた。千恵の目にも、顔色の良くないのが分る。

「どうしたの？」

と、心配になって、「具合、悪いの？」

「ちょっと――外で話そう」

と、狩谷は言った。

千恵が一緒に玄関を出て、エレベーターの前まで来ると、

「君には色々親切にしてもらった。お礼を言っときたくてね」

と、狩谷は言った。

「え……。どうしてそんなこと……。出て行くの？」

「まあ、そんなところだ」

「どうして！　だって――」

「実は、女房の具合が良くないんだ」

と、狩谷は言った。「やはり、入院させるしかない。そうなれば、できるだけそばにいてやりたいしね」

「うん……」

千恵にも、狩谷の言うことは分った。しかし、だからといって、ここを出て行くという

のは妙だと思った。

でも、千恵はその言葉を呑《の》み込んだ。——狩谷の、疲れ切った顔を見ていると、自分があれこれ言って煩わしい思いをさせてはいけないという気がしたのだ。

「——いつ、出て行くの？」

「さあ……。明日か明後日か」

「そんなに、すぐ？」

「まあ、持物は後からでも取りに来るから、まず女房を入院させてからだ」

「元気になるといいね」

と言ってから、千恵は急いで、「きっと、すぐ元気になるよ！」

と、言い直した。

「ありがとう」

——千恵は、まるで本当の自分の祖父ででもあるかのように、その胸に顔を埋《うず》めて、抱きしめた。

「——本当のことを言って」

「何だね」

「うちのお父さんのせいで出て行くの？」

「違うよ。そうじゃない」

「本当に?」

狩谷は、微笑んで、

「それが全くないとは言わない。でも、それだけじゃないんだ」

と言うと、手を千恵の頭にそっと置いた。「君はいい子だ。――確かに、君のお父さんは今、間違ったことをしていると思うよ。だが、お父さんを恨んじゃいけない」

「どうして?」

「いけないと一番よく分っているのは、お父さん自身だからさ」

「お父さんが?」

「だから、ああしてお酒を飲む。遊び歩く。――自分の中の『声』から逃げようとしているんだよ」

「そうかな……」

千恵は、父が若い女の子を自分のマンションに連れて来ていることを、狩谷には言わなかった。

「――それじゃ」

と、狩谷はエレベーターのボタンを押した。

「また来て!　ね?」

と、千恵が急いで言う。

「そうだね。できるだけ、もう一度寄るようにするよ」

狩谷はエレベーターで、二階へと下りて行った。

千恵が戻って行くと、廊下へさっきの女の子が出て来た。

「早いでしょ、帰り仕度？」

と、ナミという女の子が笑って、「千恵ちゃんだっけ？　いくつ？」

「十六」

「へえ。体は幼いね」

「大きなお世話」

と言い返して、「何しに来たのよ、あんた？」

「私、先生のお世話になるの」

「お世話？」

「そう。おこづかいもらって、遊んで暮すんだ、東京で」

女の子はサッサと行ってしまった。

千恵は啞然《あぜん》として、それを見送っているばかりだった……。

狩谷は部屋へ戻ると、

「――お待たせしたね」

居間に、有田令子が待っていた。

「いいえ。――奥様、眠ってらっしゃいます」

「そうか。その方がいい」

狩谷は息をついて、「もう疲れたよ、私も」

「狩谷さん――」

「死ぬのは、どうということもない」

と、狩谷は首を振って、「まあ、どういう方法にするか、って問題はあるがね」

令子は目を伏せた。

「――女房を入院させて、面倒をみていたら、こっちも倒れる。そうなってから死ぬんじゃ惨めだしね」

「はい……」

「悪いね、妙なことを手伝わせてしまって」

「とんでもない！　でも……」

と、令子は言いかけて、口をつぐんだ。

「私たちの心中を――『心中』なんて、ずいぶん古めかしい言葉だな」

と、狩谷は笑った。「若い男女の道行なら絵になるが、こんな年寄り同士じゃね」

令子は無言だった。

「――あんたのとこの雑誌で記事にしてくれるのなら、ありがたいよ」

と、狩谷は肯《うなず》いて、「世間の、同じような年寄りたちが、『辛《つら》い目にあってるのは、自分たちだけじゃなかった！』と思ってくれるだけでもね。それに、もっと若い人たちも、いつか自分も『年寄り』になるってことを思い出すかもしれん」

令子は、両手を握り合せて、

「私……何ができるでしょう」

と言った。

「そうだね。迷惑がかからないようにしたいが、多少は仕方ないかもしれん。――それより、どういう死に方をしたら、雑誌に載ったときに、その――何というか――」

「インパクトがあるか、ってことですね」

「そうそう！　あんたもやっぱり雑誌の人らしいことを言うね」

と、狩谷は笑った。

それは、いかにもホッとしたような、自然な笑いで、有田令子は、

「死のうとしてるとき、どうしてそんな風に笑えるんですか？」

と言った。

「さあ……。それはきっと、これ以上苦労しなくてすむからじゃないかな？」

狩谷の言葉に、令子はもう何も言えなくなってしまった。

「——そうか」

平栗は肯いた。「ありがとう。よくやってくれた」

〈QQ〉の編集部。

もう、夜中に近い時間で、社内は誰も残っていない。

平栗と有田令子、そして阿部康之の三人が残って話し合っていた。

「このことは我々三人で取材しよう」

と、平栗は言った。「あんまり知れ渡ると、よその週刊誌や、TVなどがかぎつけてくることも考えられる」

「分りました」

阿部が、相変らず生真面目に肯く。

「我々三人とカメラマン……。しかし、写真だって、我々でやれる。プロのカメラマンが居合せるというのも、不自然だな。阿部さん、カメラを頼みますよ」

「はい！」

と、早くも緊張している。

「あと、ビデオを撮ろう。有田君、君、使えるか？」

「自宅に8ミリビデオがあります」

「それで充分。素人くさい絵でいこう。写真にプリントして使えばいい。後で、TV局がほしがったら、売れる」

「でも——どうやって？」

「うん、問題はそれだ」

と、平栗は考え込んだ。「あんまり残酷な場面じゃ、使えない。——一番いいのは、睡眠薬だな。眠りながら死んで行く……」

「死ぬほどのむのは大変だと思いますが」

「しかし、猛毒じゃ苦しいだろう」

「ええ……」

「ま、死のうっていうんだから、多少は苦しいだろう。それでも、我々は後で場面を選べる」

「編集長。——私たち、犯罪になるんですよね、自殺を手伝うと」

「分ってる」

と、平栗は肯いた。「できるだけ、そうならないように考えるが、万一のときは心配するな。すべて僕の責任だ」

「捕まりますよ」

「話題作りと思えば、構やしない。それぐらいの覚悟はできてるさ」

平栗は、自分に言い聞かせるように言った。「もう後戻りはできないんだ。——やるしかないんだ」

# 10 偽証

ブルドーザーが、崩れ落ちたアパートを、慎重に片付けていく。

「すみません」

と、石津がしょげている。

「いいさ。ツイてないってことはあるもんだ」

と、片山は言った。

「ニャー」

ホームズも同情しているようだった。

「久保田が殺されて、そのとき、鮫田の出ているパーティが同じ場所で開かれてた。それだけでも立派な証拠だ」

——石津が、あのホテルの入口で久保田を見失ってしまった。そして、ロビーで久保田が絞殺されているのが見付かったのである。

「お兄さんがサボってるからいけないのよ」

と、晴美は言った。

「俺は、課長に呼ばれてたんだ！」

と、片山は言った。

「でも、久保田って人にも同情する気にはなれないわ」

と、晴美は言った。「奥さんと子供に保険かけて、殺そうとするなんて！　お弁当にも毒が入ってたんでしょ？」

「たぶんな。もう少し詳しく調べてみないと、正確なところは……」

「お兄さん、ほら――」

晴美が兄をつつく。

今日はよく晴れて暖い。――午後の日射しを受けて、長い車体を光らせながら、大きなリムジンが停った。

降り立ったのは鮫田と、秘書の大屋。

「やれやれ……」

と、鮫田が言った。「こんなことになるから、早く建て直すべきだったんだ」

片山は、鮫田の方へ歩み寄って、

「どうも」

と言った。

「ああ、刑事さん。――このアパートから、下敷になっていた母子を助けて下さったそうで」

「まあね。その亭主のことで、少しうかがいたいんですが」

「久保田さんのことですか。気の毒なことをしましたね」

「ご存知で？」

「ギャンブルに夢中で、私に金を貸してくれと言って来たんですよ」

「どうしてあなたに？」

「このアパートの建て替えを、持主に任されていましてね、住人とも何度か話しました。そのときにね、奥さんが気の毒で、ついお金を貸したんです。それで味をしめて……」

「あの殺されたときも？」

「パーティ会場から呼び出して、金をせびるので、きっぱり断りました」

と、鮫田は言った。

「しかし、久保田は待っていたらしいですね」

「出てくる所で、もう一度、と思っていたんでしょう」

と、肯《うなず》いた。

「殺した犯人に心当りは？」

「久保田は怯《おび》えてましたよ」

「怯えて？」

「暴力団絡みの借金で追われてる、と言ってね。殺されそうだ、とも言ってましたが、それが本当だったとはね」

ホームズが、片山の足下に来ていたが、鮫田の前を通って反対側へ行き、足を止めた。

「この猫ちゃんは、私に何か用ですかね？」

「ホームズは、きっとこう言いたいんだと思います」

晴美が言った。「あなたがパーティから出てくるのを待っているのなら、久保田はどうして、パーティ会場と反対側の、見えない所にいたんでしょうか、ってね」

鮫田はちょっと、詰った。

「そうだ。特に命を狙われていた久保田が、なぜわざわざ人のいない辺りにいたのか。――いくらでも、待っている場所はあったのにね」

と、片山は言った。

「刑事さん。私を疑ってるんですか？」

「それとも、そちらの秘書の方をね」

「残念ですが、パーティの間、僕はずっとあの人と一緒でしたよ」

と、大屋は言って、リムジンの方を向くと、「奥さん。――ちょっと来て下さい」

リムジンから降りたのは、立石みつぐの妻、江梨子である。

「奥さん、あのパーティで、僕が一人で出て行ったことはありましたか」

と、大屋は言った。

江梨子は無表情に片山を見て、

「いいえ」

と言った。

「確かですか」

と、片山は訊《き》いた。

「ええ」

「ずっと一緒に?」

「はい、ずっと一緒でした」

と、江梨子は言った。

すると、晴美が言った。

「奥さん。——千恵ちゃんのことを考えてあげて下さいね」

「千恵のこと?」

「お母さんを憎まなくてすむようにしてあげて下さい」

江梨子は言葉を失ったように、目を伏せた。

「刑事さん」

と、大屋は江梨子の肩を抱いて、「大人同士の恋まで犯罪だとは言わないでしょうね」

「やめなさい」

と、晴美が厳しい口調で言った。「このアパートの崩れた下には、まだ亡くなった人が埋ってるのよ。恥ずかしいと思わないの」

大屋が顔を真赤にして、

「何だと！　生意気な——」

「ギャーッ！」

と、ホームズが大屋の方へ飛び上った。

「ワッ！」

大屋は手の甲を引っかかれて、「痛い！　畜生！」

「よせ」

と、鮫田は大屋を抑えた。「——刑事さん、ご用のときは、ちゃんと令状を取ってどうぞ」

「逮捕状を取ってやる」

と、片山は言った。

「面白い」

鮫田は笑って、「さあ、行こう」

と、大屋と江梨子を促した。

――リムジンが走り去るのを見送って、

「ボロを出したな」

と、片山は言った。

「あの大屋って、ただの秘書じゃないね」

「うん。――立石の奥さん、どう思う?」

「大屋と関係があるんでしょうけど、後ろめたい気持はあるようね」

「僕もそう思った。――奥さんだけのときに話してみよう」

「私が話すわ」

「そうか。その方がいいかもしれないな」

と、片山は肯いた。

「片山さん、電話です」

石津が呼んだ。

片山は車の電話に出て、しばらく話していたが、

「――今、調査の結果が出た」

「調査?」

「このアパートさ」

と、片山は言った。「爆発物が仕掛けられていたんだ。このアパートは、爆破されて崩

れたんだ」

「――ひどいことをするのね」

　ブルドーザーが、ゆっくりと崩れた屋根を持ち上げていた。


「――奥さん」

　と、大屋は手の傷にキズテープを貼って、

「何を黙り込んでるんです?」

　江梨子は、大屋を見て、

「どうして私に嘘を言わせたの?」

　と言った。

「奥さん……」

「私、あなたと付合っていても、あなたの言うなりになる女じゃないわ」

　大屋は笑った。

「今さら何です?　分ってるじゃないですか、自分が今、こんな暮しをしてられるのは、どうしてか」

「大屋さん……」

「そう。僕が久保田を殺したんです」

江梨子は青ざめた。

「車を停めて」

「奥さん」

鮫田が言った。「もう、今さら抜けられませんよ。あんたも旦那《だんな》も。我々としっかり結ばれた仲間だ」

「人殺しなんて――」

「同じことですよ。旦那は、あちこちでしゃべりまくって、いい金になってる。その金は、きれいな金じゃないんだ」

「余計なことは言わないで」

と、大屋は手を伸して、江梨子の髪をなでた。

「いいですね」

と、鮫田は念を押した。「逆らえば、旦那も、娘さんも、ただじゃすまない」

江梨子は体が震えて来た。

「千恵には手を出さないで！」

「それなら、言うことを聞くんだ」

と、鮫田はガラリと口調を変えて、「下手をすりゃ、あんたも同罪だ」

江梨子は無言で座席の隅に身を縮めた。

リムジンは、静かに走り続けていた。


「もしもし」

「片山だけど」

「あ、片山さん！　良かった」

「千恵ちゃんか」

アパートの前にいた片山の携帯電話に、千恵がかけて来たのである。

「どうしたんだい？」

「昨日ね、狩谷さんが……」

「あの人がどうした？」

「出て行くって言うの、マンションを」

「出る？　どうして？」

「何だか様子が変で。——心配なの」

「分った。行ってみるよ」

「お願い。——それから、お母さん、ゆうべ帰らなかった」

片山は迷ったが、

「捜してみるよ」

と言った。

「ありがとう」

「あんまり心配しないで。大丈夫だよ」

「うん……。片山さんがついてるもんね！」

千恵の言葉に、片山は何とも返事ができなかった。すると、

「ニャー」

ホームズが代りに返事をした。

# 11　真夜中の死

「十時だ」

と、平栗が言った。「行くか」

「待って下さい」

有田令子が机の上に置いた充電機を見て、「もう充電、終ったわ。――この電池をセットして、準備OKです」

カチッと充電済の電池を8ミリビデオカメラにはめ込む。電源スイッチを、〈ON〉にすると、ブーンとかすかな音がした。

「大丈夫か？　ビデオテープは入ってるだろうな」

と、平栗は念を押したが、有田令子がそういう点を見落としたり、うっかり忘れたりしないことは充分承知している。

「はい、ちゃんと入っています」

有田令子も、つい念を押したくなる平栗の気持はよく分って、わざとテープが見えるようにカメラを持ち上げて見せた。

「よし。──阿部さん？　出られますか」

「はい！」

阿部は、一眼レフをさっきから色々いじくり回していた。「フィルムはISO400を入れました。電池も昨日新しいのと換えましたし」

「ご苦労様。じゃあ出かけましょう」

「はい！」

阿部は汗をしきりに拭《ぬぐ》っていた。

──夜の十時。〈QQ〉の編集部は、三人以外残っていない。いや、他のセクションも帰っているので、たぶん社内でもこの三人が最後かもしれなかった。

「──雨だ。寒そうだぞ」

と、平栗は窓の方へ目をやって言った。

三人は少しの間、席を立とうとしなかった。

「──有田君」

「編集長……。私は後悔しません。ちゃんとやってのけます。もしあのお二人が……苦しんで助けを求めても、私、ファインダーを覗《のぞ》き続けます」

有田令子の表情は厳しかった。

「よし。阿部さんも頼みますよ」

「はい！」

阿部はカメラを大きなショルダーバッグの中へ入れて、「準備は万全です」

「よし。出かけよう」

――やるしかない。

老いた夫と妻の心中。それをカメラとビデオにおさめる。

平栗は、狩谷夫婦がどんな方法で心中しようとしているか、見当もつかなかった。しかしどんな場面でもカメラにおさめるのだ。それが編集者というものだ。

三人はオフィスを出た。

地下の駐車場まで下りて、昼間借りておいたレンタカーに乗り込む。

「運転は私がします」

と、令子が言った。「道も分りますし」

「じゃ、頼むよ」

平栗は肯《うなず》いて、阿部と二人、後ろの座席に落ちつく。

「申しわけないです」

阿部は、恐縮して、「助手席に座るべきなのに――」

「却《かえ》って落ちつきませんわ」

令子が車を出す。道路へ出ると、細かい雨がフロントガラスを覆って、ワイパーがシュッ、シュッと音をたてながら動き始めた。
車が信号で停ったとき、令子のバッグで携帯電話が鳴った。

「僕が出ようか」

「すみません」

令子が手渡すと、平栗が出て、

「――もしもし。――あ、狩谷さん。平栗です。――はい」

令子は、信号が青になって、車を走らせながら、平栗の声に聞き入っていた。

狩谷から、「やはりやめる」とでも言って来たのかと思ったのである。

「――今、向っているところです。――ええ、よろしく。――はい」

平栗は電話を切って息をついた。

「編集長――」

「大丈夫だ。『準備は整っている。お待ちしています』ということだ」

「そうですか」

ホッとしながら、心のどこかで、取り止めになるのを期待していた所もなかったとは言えない。

令子はハンドルを握り直し、雨中の運転に神経を集中させた……。

「ねえ、そのお肉、取って」

甘えた声で倉田ナミが言った。

「うん？――ローストビーフか？　よし、待ってろ」

立石みつぐは、手を伸して、ローストビーフの塊の真中辺りのカットされた分を取って皿にのせた。

「おいしい！　いつもこんなもの食べてんの、先生？　それじゃ太るばっかりよ」

と、ナミが食べながら言った。

「なに、五十にもなりゃ、少しぐらい太るのは当り前だ」

立石は、いつものように、建設会社のパーティで、一席ぶった後、盛んに飲み食いしていた。――倉田ナミが立石にくっついて歩いている。

ナミは真赤なワンピース。それも太股《ふともも》の出る超ミニで、いやでも人目をひいていた。

「――今夜、ここに泊るか」

大分アルコールの入った立石は、ナミに耳打ちした。

「大丈夫？　先生、酔うとすぐ寝ちゃうんだもの」

「今夜はもう飲まん！　大丈夫、しっかりしてるだろ」

と言いながら、舌がもつれる。

ナミは笑った。

「いいけど……。じゃあ、ちょっと電話一本かけてくる」

「彼氏か?」

「違うわ。女の子よ、ルームメイトの。すぐ戻るから、このお皿、持ってて」

ナミは、まだ沢山料理ののった皿を立石に持たせると、パーティ会場から出て行った。

立石は、真赤な顔をして、両手に皿を持って(自分の皿もあるので)立っていた。
二、三人の客に挨拶《あいさつ》され、適当に受け答えして……。
すぐ後ろに人の気配を感じて、

「早いじゃないか」

と、振り向くと、妻の江梨子が立っていた。「——何してるんだ」

「こっちが訊《き》きたいわ。あの女の子のお皿? みっともない!」

江梨子は険しい口調で言った。

「いいじゃないか。俺の勝手だ」

「そう」

江梨子が、いきなり手を上げて、立石の手にした料理をのせた皿を二枚とも一気にはね上げた。

当然、料理は床に落ち、ソースが立石のタキシードの胸の辺りに飛び散った。

「おい、何てことをするんだ!」

立石が怒鳴ると、

「あなたが好きなようにするのなら、私だって好きにするわ!」

と、江梨子がやり返す。

二人ともエスカレートして、声が大きくなっていた。

パーティの中が、何となく静かになり、しらけた空気が流れる。——BGMのボリュームが上って、いくらかにぎやかさが戻った。

「人前だ。こんな所で騒ぐのはやめよう」

と、立石は言った。

「へえ。人目が気になるの? それなら、あんなチャラチャラした女の子を連れて歩くのをやめなさいよ。どっちがみっともないのよ?」

「もう分った」

立石は、一気に酔いもさめて、青ざめた顔で、江梨子をにらんでいる。

「分っちゃいないわよ。何も分ってないわ」

「おい、いい加減にしろ。俺の稼ぎで食ってるんだぞ。その仕事の邪魔をして、どういうつもりだ!」

「仕事の邪魔? 呆《あき》れてものも言えないわ」

と、江梨子は冷笑した。「あの女の子を連れ歩くのと、どっちが邪魔なのよ? 私はあなたのため——いいえ、あなたの稼ぎがなくなったら、私も千恵も困るから、言ってるのよ」

「それなら、ここで一人で勝手に吠《ほ》えてろ!」

と言い捨てて、立石は大股《おおまた》でパーティ会場を出て行った。

受付の女の子が、服を汚したままの格好で出て行く立石を、目を丸くして眺めていた。

「——畜生! すぐヒステリーを起しやがって!」

と、ロビーに出て文句を言ってみたものの、相手が目の前にいるわけではない。

行ってしまいたかったが、ナミが戻って来ると思うと、そう遠くへも行けない。江梨子が追ってくるかもしれないと思い付いて、立石は、ロビーのソファのかげに隠れた。

江梨子が出て来て、ロビーを見回していたが、夫の姿が見えないと分ると、駆け出して行った。

やれやれ……。

ソファの裏側で、しゃがみ込んで隠れている自分のすがたに、つい笑ってしまう。

俺は何をしてるんだ?

江梨子の言うことに腹を立てたのも、それが当っているからだろう。——ナミが本気で立石を愛しているわけはない。

しかし、ナミは立石の男のプライドをくすぐってくれる。——立石には、何とも言えない快感だったのだ。

漫画を描いて。――千恵がしつこく言う度に、立石は家に帰りたくなくなる。

誰よりも描きたいのは俺だ。俺が漫画を愛してることを、誰も分っちゃくれない。

しかし――描いたところで売れやしない。もう疲れたのだ。売れない漫画を描き続けることに、くたびれてしまった。

そこへ、鮫田が「やさしい仕事」を持って来た。立石が飛びついたのも当然のことだった……。

「――もう少し、何とかしてよ」

ナミの声がした。

立石は立ち上ろうとしたが、不安定な姿勢を取っていたので、立ちそこなって、膝《ひざ》をついてしまった。

「充分やってるだろ」

と言ったのは――立石は当惑した――あれは、大屋の声だ。

「だって、この服だって、おこづかいから買ったんだよ」

と、ナミが言っている。「大体、あの酔っ払いの面倒みるのがどんなに大変か、考えてみてよ」

「分ったよ。――そら、あんまりむだづかいするな」

「サンキュー。差し当り、これでいい」

ナミはそう言って、「今夜もここに泊るって言ってる」

「部屋へ入ったら、もっと飲ませろ。——写真を撮っとく」

「私も？　じゃきれいに撮ってね」

「馬鹿言え」

と、大屋は笑った。「相手にしてるのが十五歳の中学生だとは知らないだろうが、いざとなりゃ、その写真一枚、マスコミに流せばあいつは消せる」

「もうそろそろ？」

「時間の問題だな。——せいぜい今の内に楽しませてやれ」

大屋は、携帯電話が鳴って、取り出すと、

「もう行け」

「うん。——スイートルームでもいいよね」

「ぜいたくな奴だ！」

と、大屋は笑った。「——もしもし、大屋です。——ええ、社長は今、重要な会合で……」

大屋の声が遠ざかる。

立石は、周囲の世界、すべてが遠ざかって行くように感じた……。

「狩谷さんですか」

電話に出ていた大屋の口調が変る。「どうも。わざわざお電話いただいたのに、すみませんね」

「ぜひ、社長さんに伝えて下さい」

と、狩谷は言った。「今からおいで下されば、ここを出るという同意書に印を押しますよ」

大屋は足を止めた。

「――本気でおっしゃってるんですか?」

狩谷はちょっと笑って、

「妙な人だ。あれほど判を押せ、とうるさく言っていたのに、いざ押そうと言うと、信用しないんですか?」

「いや、そういうわけでは……。私がこれからすぐ参上しますよ」

「いや、社長さんとご一緒でなければだめです」

「それは――」

「我々はここを出て行くんですよ。それぐらいの手間はかけてほしいね」

「分りました。社長へすぐ連絡を取ります。その上で都合を――」

「今すぐこちらへ向って下さい。それでなきゃ、判は押さない」

と、狩谷は言って、電話を切った。

「あの爺《じじ》い！」

と、大屋は舌打ちして、鮫田の電話へとかけた。

「重要な会議」といっても、実は女のマンションへ行っているのである。


「――どこに行ったかと思っちゃった」

ナミは、立石の腕に自分の腕を絡めて、「顔色、悪いよ。飲み過ぎたんじゃないの？」

「そうだな……。少し飲み過ぎたか」

と、立石は言った。

「部屋取って、横になったら？」

「うん……。どうだ、うちへ行こう」

「マンション？　でも、奥さん、いるんじゃないの」

「今夜は旅行で留守さ」

「ふーん。――私はいいけど」

「じゃ、出よう。もう充分食べたろ？」

「ちょっと待って！　デザート、食べないと後で悔むから！」

ナミは、デザート類のテーブルへと小走りに急ぐ。
立石は、自分の汚れたタキシードを見下ろした。
ナミは、この汚れに気付きもしなかった。
立石は笑った。
自分が、どこか別の場所で笑っているかのようだった……。

# 12 モニター

チャイムを鳴らすと、ほとんど間を置かず、ドアが開いた。

「やあ、どうも。——あいにくの雨で」

狩谷老人が笑顔で言った。

「どうも——」

平栗がそう言いかけて喉《のど》が詰った。咳込《せきこ》むと、狩谷が、

「おや、風邪ですか？　いけませんな」

と首を振って、「若いからと言って、無茶をしてはいけません。——さ、入って下さい」

「お邪魔します」

有田令子は、できるだけ明るい声を出した。

阿部はといえば——もうガチガチになって、声も出ない。

玄関で靴を脱ごうとして、平栗はよろけてしまった。

「編集長！　しっかりして下さい！」

と、令子は平栗の腕をつかんで支えた。

「すまん。大丈夫だ。――いや、こっちの方が緊張しちまってるな」

狩谷は居間へ入って行き、

「さあ、どうぞ」

と呼んでいる。

「本当に……。落ちついてますね」

と、令子が小声で言った。

「人間、覚悟が決ると、ああも明るくなるのかな。――阿部さん?」

玄関に突っ立ったままの阿部の方を振り向いて、「どうしたんです?」

令子が察して、

「任せて下さい。編集長、先に」

と、阿部の腕をつかんで、上り口に座らせ、靴まで脱がせてやる。

「す、すみません……」

阿部は真赤になって、「大丈夫です! 男一匹、命を賭《か》けて……」

演歌の文句みたいなことを言いながら、やっと上って、令子と一緒に居間に入る。

「――まあ、ご苦労様です」

夫人のとよが、紅茶を出してくれる。

「お具合はよろしいんですか」

と、令子が言った。

「ええ、何だか、今日でけりがつくと思ったら、急に元気になってしまって」

と、とよが笑った。

「それでしたら……。でも、お気を付けて――」

と言いかけて、令子は言葉を呑《の》み込んでしまった。

「お気を付けて」、一体どうなるというんだろう？　これからこの人は死のうとしているのに。

「さあ、どうぞ。少し寛《くつろ》がれて下さいな」

と、とよが言った。

平栗たち三人は、紅茶をもらって、大分落ちついて来た。

「――そう急ぐこともないが、あまりぐずぐずしているのも、未練がましい」

と、狩谷が言った。

「そうね、あなた」

「いつまでもお引止めしてもな。皆さん、お仕事でお疲れだ」

「そんなことは……」

と、平栗が言った。「我々はどうでもいいんです。お二人のお気持を尊重します」

「本当に、いいんですか」

と、つい令子は言っていた。「——すみません、編集長。でも、狩谷さんと奥様の、幸せそうなお姿を拝見していたら……」

「ありがとう」

と、狩谷は微笑んだまま、「しかしね、あなたのように若い方とは違う。私どものような年齢になると、〈死〉は大して恐ろしいものじゃないのです」

令子は、平栗と顔を見合せた。

「むしろ、〈死〉は気心の知れた友人かもしれない」

と、狩谷は続けた。「特に今の我々にとっては、ゆっくり休める、心地良いベッドのようなものです」

「私はお布団の方がいいわね」

と、とよが言ったので、笑いが起って、堅苦しい気分が大分ほぐれた。

「それじゃ……どうしますか」

と、令子は、言葉を押し出すようにして言った。

「ご心配なく」

と、狩谷は肯《うなず》いて言った。「——分っていました。あなた方は、あの鮫田とは違う。人の死ぬのを、何もせずにじっと見ていられるほど、冷たくはなれますまい」

平栗も令子も、返す言葉がなかった。——阿部は一人、すするようにして紅茶を飲みつづけている。

「それでね、考えたんですよ、私も」

立ち上って、狩谷は、「奥の寝室へどうぞ。——さあ」

平栗たちは、狩谷について行った。

和室の八畳間。ベッドがないので、広く感じられる。

狩谷が明りを点《つ》けると、平栗たちは目を丸くした。

「これは……」

部屋の天井の四隅に、ライトが取り付けられて、部屋の隅には、しっかりと三脚で固定されたTVカメラが置かれていた。

「——このカメラは、プロの使うものです」

と、狩谷が言った。「昔、知り合いだった男が、結婚式やパーティの様子をビデオに録《と》る商売をしているのを思い出しましてね。電話して、これを設置してもらったんです」

「はあ……」

「このカメラで撮った絵が、このモニターに出ます」

10インチほどのモニターTVと、録画用のビデオデッキ、そして他の機器も重ねて積んだ、そのキャスター付きの台は、スーツケースぐらいの大きさで、把手を引いて転して行けるようになっていた。

「――令子さん、あんたの部屋は七階でしたな」

「はい」

「この台を、あんたの部屋へ持って行って下さい。このカメラの絵は、あなたの部屋で見ることができる」

「え？　でも――」

「このカメラのレンズは広角で、この寝室のほとんどはカバーできるんですよ。もちろん、声もこのマイクで拾っている。あなた方は、有田さんの部屋で、このTVを見ながら、ビデオに録画すればいい。何があっても、目の前で起るわけではありませんから」

「でも、狩谷さん……」

「ためしにやってみましょう」

狩谷がカメラのスイッチを入れる。令子がモニターのスイッチを入れると、少しして、この部屋の様子が、くっきりと映し出された。

「――どうです？　これだけ映っていれば充分でしょう」

「もちろんです」

と、平栗は言った。「しかし……」

「お互いにこの方が気楽だ。そうでしょう？　私どもも、あなた方が目の前におられては、思い切ったことがやりにくい。――あなた方はこのモニターを持って行って、有田さんの部屋で様子を見ていて下さい」

狩谷の言葉に、平栗はホッとしていた。そして、自分が果して目の前でこの夫婦が自殺するのを見ていられるかどうか、自信がなかったことに、改めて気付いた。

「――編集長」

と、阿部が言った。「私のカメラはどうしましょう」

「そうですな」

と、狩谷が言った。「せっかくだ。ここで記念撮影をしましょう」

阿部も、自分の仕事ができて、ホッとした表情だった。

「――おい、こっちへおいで。写真をとっていただこう」

狩谷が、とよを呼んでくる。

「まあ、この格好で？　おかしくないかしらね」

とよが髪の乱れを気にしながらやって来た。

「散々、いじってたじゃないか。――さあ、皆さんも」

平栗と令子が加わり、阿部も令子に替ってもらって、シャッターを切る。

そして、後は狩谷ととよの夫婦二人で何枚か撮った。

「――有田さん」

と、狩谷は言った。「今の写真の中から、私と家内二人ののものどれか、まあ比較的よく写っているのを、葬式に使って下さい」

令子は、すぐには返事ができなかったが、

「——分りました。お任せ下さい」

と言って、頭を下げた。

「——さあ、行こう」

平栗が言って、モニターTVなどを積んだ台を引張って玄関へと出て行った。

送りに出た狩谷が、

「色々ありがとう」

と、玄関で言った。「ここでお別れを言っておきます。もう、たとえあなた方がやって来ても、このドアは開けません」

「分りました」

令子は胸が詰った。「——では」

平栗たちは、ていねいに礼を言って、206号室を出たのだった。

ドアが閉り、中で鍵《かぎ》のかかる音がした。

三人は、無言のまま、エレベーターへと歩き出した。ガラガラと、キャスターがコンクリートの床に音をたてた……。

「——有田君」

「私たちより、狩谷さんご夫婦の方が、ずっと度胸が据わってますね」

「全くだ。——参ったよ」

平栗が、エレベーターの上りボタンを押した。一階からエレベーターが上ってくる。

扉が開くと、

「——あ」

立石千恵が乗っていたのである。

「千恵ちゃん。今晩は」

「今晩は」

千恵は、扉が開いているように〈開〉のボタンを押して、平栗たちが乗り込むのを待っていた。

「ありがとう」

と、令子は言って、〈7〉のボタンを押した。「——編集長。立石さんのお嬢さんですよ」

「そうか。——どうも」

エレベーターが上って行く。

——千恵は、一体何ごとだろう、と思った。

有田令子が七階にいることは知っていたが、二階から乗って来たのが気になった。

「あなたは十一階だったわね」

と、令子が言った。

「そうです」

編集長という男も、千恵のことをまるで分っていない様子だった。何かに気を取られて上の空なのだ。もう一人の男など、この涼しいのに、びっしょりと汗をかいている。

「——これ、何ですか？」

と、千恵は、キャスターのついた、小さなTVなどを積んだ台を見て言った。

「うん、ちょっと仕事でね」

と、令子が微笑んだ。「お父さん、お元気？」

話をそらそうとしている。——千恵には分った。

「あんまり家にいないから」

と、千恵は言った。

やっとエレベーターが七階に着いた。令子もホッとしているのが分る。

「それじゃ、千恵ちゃん——」

「さよなら」

千恵は、三人がいやにせかせかと降りて行くのを眺めて、首をかしげた。

十一階でエレベーターが停る。

千恵は、〈1105〉へと歩いて行きながら、キーホルダーを取り出していた。父も母も、このところほとんど毎晩のように遅い。晩ご飯も、適当に外で食べてくるようにしていた。

そのためのこづかいだけは、母も充分にくれている。——でも、千恵はこんな暮しに慣れてしまう自分が、少し怖かった。

以前のような、投げやりな遊びに身を任せることは、もうないだろうが、それでも、父が派手に暮すようになってから、また元の遊び仲間が声をかけて来たりしていた……。

千恵は玄関の鍵をあけた。

ドアを開けて、中へ入ると——居間に明りが点《つ》いている。

お母さん、帰ってるのかな。

「お母さん……」

居間を覗《のぞ》いて、千恵の顔がこわばった。

テーブルに投げ出してある真赤なバッグは、どう見ても母のものではない。

千恵は、居間を出て、寝室へとほとんど走るように急いだ。

寝室のドアを開けて、千恵は立ちすくんだ。

江梨子が振り返った。

「千恵。——お帰り」

「ただいま……」

と、千恵は言った。「お母さん――」

「晩ご飯は？」

「食べて来た」

そんな会話を交わしている自分と母が、何ともふしぎだった。

ベッドには、いつか会った、あの倉田ナミが横になっていて――その首には細い婦人服のベルトが巻きついていたのである。

「どうしたの、お母さん……」

「どうもしないわ」

と、江梨子は言った。「帰ってみたら、この子がここで寝てたのよ。人の家でね。だから、スカートのベルトで首を絞めてやった。そしたら、動かなくなったの」

千恵は思わずツバを飲んだ。

「――殺したの」

「さあ……。死んだのよ、ともかく。首を絞めたら、勝手に死んじゃったのよ」

江梨子は、少しくたびれた様子ではあったが、いつもと少しも変らない様子で――いや、むしろ、以前の母親に戻ったようで、千恵の方へやって来ると、

「お風呂《ふろ》に入りましょ。お母さん、疲れたわ」

と言った。

「――うん」

千恵は、目の前の寝室の情景が、TVの画面みたいに、リモコンのボタンを押すとパッと消えてくれないかと願っていた。

気が付くと、お風呂場でお湯をバスタブへ入れている音が聞こえた。

「お母さん！」

と、呼んでみたが、聞こえるわけがない。

千恵は、居間へ行って、ソファにドサッと腰をおろすと、しばし呆然《ぼうぜん》としていた。今、自分の見て来たものが、夢であってくれたら……。

でも、また同時にこんなに起って当り前のこともなかっただろう。

そのとき、玄関のチャイムが鳴って、千恵は我に返った。

急いでインタホンに出てみると、

「片山だよ」

――片山さん！

どうしよう？　千恵は一瞬、絶句してしまったのである。

# 13　恨みの日

「千恵君。――聞こえるかい?」

片山は、くり返し呼びかけた。

「――はい」

と、少し間があって、千恵の返事が聞こえた。

「遅くなってごめん。狩谷さんの所へ行ってみようと思ってね」

「あ……。はい」

「君はどうする?」

「行きます! あの――ちょっと待って! 今、一人なんで」

と、千恵は即座に答えて、「今帰って来たばっかりで、着替えてるところなの。すぐ――五分、待って」

「分った。じゃあ……エレベーターの前にいるよ」

と、片山は言った。

「でも……」

晴美が言った。

「お風呂にお湯を入れる音がしてる」

片山は耳を澄ました。——なるほど、ドドド……という、少し低い水音が聞こえている。

「お風呂に入るところだったんですかね」

石津が言った。

「石津さん、何を想像してるの?」

晴美につつかれて、石津は真赤になると、

「や、やめて下さい! 僕は何も——」

「おい、からかうなよ」

片山が苦笑いして、「それより、狩谷さんの部屋だ。電話しても出ない。何だか気になるな」

「脅迫の電話が多いから、布団でもかぶせてるんじゃない?」

「かもしれないが……。奥さんが寝込んでるんだ。出かけてるわけはないと思うけどな」

片山たちがエレベーターの方へ行っても、ホームズは〈1105〉のドアの前に座っていた。晴美が気付いて、

「ホームズ、どうしたの?」

と呼んだが、ホームズは動かない。

「どうしたっていうの？」

晴美が戻って行くと、「——あの音ね」

「何だ？」

と、片山も戻ってくる。

「今の音。お風呂にお湯を入れてる音」

「まだ聞こえてるな」

「一人だって言ったわよね、千恵ちゃん。でも、一人なら、出かけようとしたら、当然お湯を止めるでしょう」

「そうだな、しかし……」

ホームズがパッと立ち上って、エレベーターへと小走りに向う。

片山たちもあわててホームズを追った。

すぐに玄関のドアが開いて、千恵が出て来た。鍵《かぎ》をかけて、

「待たせてごめんなさい」

と、やって来た。

「じゃ、行こう」

片山たちはエレベーターに乗り込んだ。

「二階ね」

と、晴美が〈2〉のボタンを押す。

エレベーターは、のんびりと下りて行った。

「——電話に出ない?」

千恵は片山の話を聞いて、心配そうに、「気になるな……」

「あんなに頑張ってたのにね」

晴美も肯《うなず》いて、「もう少し頑張れば、鮫田を他の容疑で逮捕できるかもしれないのに」

「そう話してみて、片山さんから!」

と、千恵が言った。「奥さんが入院しても、ここを出ちゃったら、もう帰ってくる所がないものね」

エレベーターが二階で停り、扉が開いた。

片山たちが廊下へ出て行くと、

「何だ、下りて来ないぞ」

という声が聞こえた。

片山たちは足を止めた。

「今の声——」

と、石津が言いかけるのを、

「シッ!」

と、晴美が腕をつかんで止める。

「誰か二階で……」

階段の方から聞こえてくる。

ホームズがタタッと階段へと駆けて行く。

「鮫田と大屋の声だ」

片山は小声で千恵に言った。「下のロビーからだ。隠れよう」

片山たちが階段へ隠れる間に、エレベーターは一階へ下り、また上って来た。

扉が開く音がして、

「どこだ？」

「〈206〉です」

「早いとこすませよう。――女を待たせてるんだ」

二人の足音が廊下を遠ざかる。

片山は、そっと廊下を覗《のぞ》いた。千恵もピタリとくっついて、一緒に覗く。

大屋がチャイムを鳴らしている。

「――大屋です。社長も一緒です」

少しあって、ドアが開いた。鮫田と大屋の姿はドアの中へと消えた。

「――どういうことだ？」

「今の様子だと、狩谷さんが二人を呼んだようね」

「うん……。しかし、どうしてわざわざ……」

千恵がふと、

「さっきのTV……」

と言った。

「TV、って?」

「七階の有田さんの所……。何だかあの人たち、様子が変だった」

千恵の話を聞いて、片山たちも顔を見合せた。

「――あの有田さんが、狩谷さんと話し込んでるのも見たことがある」

と、千恵は思い出して、「有田さんって、どこかの出版社に勤めてるの。雑誌の編集部にいるって聞いたことある」

「知り合いなの?」

「とってもいい人だし、一人暮しで、向うもよく声をかけてくれるの」

と、千恵は言った。

実際、このマンションでは、同年代の子がいない。年齢は離れていても、有田令子とは何となく気軽にしゃべることができた。

「――TVのモニターか」

と、片山は言った。「気になるな。その七階の部屋へ行ってみよう」

――片山たちは、エレベーターで七階へ上って行った。

「〈703〉だと思う」

と、千恵が言った。

片山は、〈703〉のドアまで来て、ちょっとためらったが、ノブをつかんで回してみた。

「鍵がかかってない」

そっとドアを開けて、中へ入る。

「――どうします？」

と、有田令子の声がした。

「どうって……。どういうことなんだ？」

そう広くないタイプの部屋で、リビングダイニングもソファのセットと小さなテーブルで一杯になっている。

ソファに座っていた有田令子が片山たちに気付いて立ち上った。

「どなたですか？」

「令子さん！　私」

と、千恵が顔を出した。

「千恵ちゃん……」

千恵は、片山たちのことを説明すると、

「気になって来てみたの。──狩谷さんの所へ、あの鮫田と大屋の二人が来てるよ」

「──そこのモニターに映ってるようね」

と、晴美が言った。

片山は、そのTVモニターで狩谷があの二人と向い合って座っているのを見た。

「──どうぞ、お茶を」

と、とよが鮫田たちにお茶を出す。

「結構だ」

と、鮫田が苛々《いらいら》した様子で、「判を押すなら、早くしてもらおう」

「まあ、落ちつきなさい」

狩谷は悠然と、「急ぐことはない。私どもと違って、あんたたちは若い。急がなくても時間は充分にある。そうだろう?」

「そうですよ」

と、とよが夫の傍に並んで座って、「昔から、お見合とか結納のときは、桜茶とか、おめでたいお茶を飲んだものです。昔の人の知恵を馬鹿にしてはいけません」

「分ったよ」

と、鮫田が出されたお茶をガブ飲みする。

——片山は、

「一体どういうことなんですか」

と、平栗に訊《き》いた。「雑誌の編集長が、なぜこんな所にいるんです？」

平栗は不安げだった。

「いや……こんなことは想像していなかったんです」

と、モニターの画面を見つめて、「あのご夫婦が何を考えているのか……」

「片山さん」

と、有田令子が言った。「お聞きになったら、怒られるでしょうけど……」

「いや、有田君。責任は僕にある。——刑事さん、我々は、狩谷さんご夫妻が心中するのを取材に来たんです」

「何ですって？」

片山は話を聞いて啞然《あぜん》とした。

「——でも、こういう形で見ていてくれとおっしゃったのは、狩谷さんなんです」

と、令子が言った。

「令子さん……。ひどいよ、そんなの」

と、千恵は言った。「止めりゃいいじゃない。どうして止めなかったの？」

令子も、返事ができない。

「——待って」

と、晴美が言った。「ともかく今は——何が起るかだわ」

「ニャー……」

ホームズも、晴美の膝《ひざ》に乗って、モニターTVを見ている。

カメラは、広角レンズで、部屋のほとんどをカバーしている。画像は端の方が少し歪《ゆが》むが、充分に鮮明だった。

「——じゃ、書類を出せ」

と、鮫田が大屋に言うと、大屋は上着の内ポケットから、封筒を取り出した。

「さあ、これに実印を……」

と、書類を封筒から出そうとして、ポロッと封筒ごと落とす。

「何をしてるんだ」

と、鮫田は言った。

「すみません、手が滑って——」

と、封筒を取り上げようとして、大屋は、畳に手を突いた。「畜生……。めまいがして……。体が重い……」

「大屋——」

と、鮫田は立ち上りかけたが、足に力が入らないのか、ドタッと転んでしまった。

「どうなってるんだ、おい！」

と、鮫田が大屋の方へ寄って行こうとしたが、その場にばたりと転ってしまった。

「社長……。体が……」

大屋が畳の上に這《は》った。「何か……入れやがったな！」

狩谷ととよは、穏やかに微笑んでいた。

「——昔のものを馬鹿にしてはいけないんですよ」

と、狩谷は言った。「毒のある薬草を入れてある。でもね、心配することはない。体がしびれて、一時間ぐらいは動けないだろうが、それで死ぬことはない」

「ふざけやがって！——何のつもりだ！」

と、鮫田が必死で起き上ろうとするが、とても無理らしい。

モニターを見ていた片山たちも啞然としてしまった。

「——凄《すご》い、狩谷さん！」

と、千恵が声を弾ませた。「ざま見ろ！」

大屋は薬がよく効くのか、苦しそうに喘《あえ》いでいる。

「——有田さん」

狩谷が、TVカメラの方を向いて、静かに言った。「あんたたちの企画の通りにならんで、申しわけない」

「いいえ……」

令子は、ついモニターに向って返事していた。

「私どもも、考えたんだよ」

と、狩谷は言った。「家内と二人で静かに死ぬ。むろん、それも一つのやり方だ。しかしね……」

狩谷は妻の肩を抱いて、

「何とも悔しいと思ったんだ。私たちが死んでも、この連中は、後悔などしやしない。この連中の望み通りに死んでやるんじゃ、あんまり悔しい気がしてね」

「そうだ！」

と、千恵が言った。

「家内ともよく話した。――どうせ死ぬのなら、これまで、この連中のために泣かされ、寿命を縮めた人たちの恨みも晴らしてやろう、ということになったんだ」

隣で、とよがにこやかに肯《うなず》いている。

「――こいつらは、我々のような年寄りには泣き寝入りしかできないと思って、なめてかかっている。そこがこっちの強みさ」

狩谷は、しびれてすっかり動けない様子の鮫田と大屋の二人を見下ろして、

「今、あんたたちの体には、あんたたちのせいで泣いた人たちの恨みがのしかかっているんだよ」

と言った。

鮫田が真赤になって狩谷をにらみつけると、

「憶《おぼ》えてやがれ！　動けるようになったら、ただじゃすまねえぞ！」

「口だけは元気なようだね」

と、狩谷は笑って、「人生はね、どこかで帳尻《ちょうじり》が合うようにできてる。――でなきゃ不公平だろ？　動けるようになったら？　残念ながら、そのときには我々はあんたたちの手の届かないところにいるよ」

狩谷は、ＴＶカメラの方を見て、

「色々世話になりましたね。――これは、立石さんとこの千恵ちゃんや、あの面白い片山さんという刑事さん、妹さんと三毛猫。そして……」

と、考え込んだ。「もう一人は誰だっけ」

モニターを見ていた石津が、

「石津ですよ！　石津！　石津をお忘れなく！」

と、大声で怒鳴ったが、聞こえるわけがない。

「――ああ、そうだ、石津さんだ」

と、狩谷はいいタイミングで思い出し、石津は、

「やった！」

と喜んでいる。

「あの、よく食べる方ね」

と、とよが声をかける。

こんなときだというのに、つい笑い声が起った。

「我々のために、骨を折っていただき、親切にして下さってありがとう」

狩谷は、自分と妻の湯呑《ゆの》み茶碗《ぢゃわん》を取ってくると、とよに持たせ、

「――これから私どもはこれを飲む」

狩谷は袋に入った白い粉をカメラの前で振って見せた。

「――何をするの？」

と、千恵が不安げに言った。

「手に入れるのは楽じゃなかった。しかし、どうせ貯金なんかあっても役に立たない。少し高価だが、よく効く毒を手に入れたよ」

狩谷が粉を二つの茶碗の中へ流し込む。

「――いけない！」

と、千恵が言った。

「――さあ、それじゃ後のことはよろしく」

と、狩谷は言った。「ここの家主さんには申しわけないが、まあいいだろう。こういうマンションは他の部屋へ火が燃え移らないようになってるはずだしね」

片山と晴美は顔を見合せた。

「――今、『火が』と言ったか？」

「言ったわ」

――狩谷は、鮫田と大屋の二人を見下ろして、

「あんたたちじゃ、道連れにならん。行先が違うからね」

と言った。「しかし、分れ道の所までなら付合ってあげよう」

狩谷は再びカメラの方を向いて、

「では、これで。――私どものことを、たまには思い出しておくれ」

と言うと、マッチを取り出し、点火すると、畳の上に投げた。

予《あらかじ》め、何かまいてあったのだろう。畳にぱっと炎が上った。

「何しやがる！」

と、鮫田が喚《わめ》いた。「大屋！　何とかしろ！」

「こっちだって、動けねえんだ！」

二人が必死になって戸口のある方へ転って行こうとしたが、火が先に二人の行手を阻ん

だ。

「助けてくれ！――頼む！　金を出す！　いくらでもやる！　このマンションをくれてやる！」

と、鮫田が叫んだ。

「見苦しい真似はやめなさい」

と、狩谷は言って、「さあ……」

狩谷ととよは、二人で座ると、湯呑み茶碗の中身を一気に飲み干した。

そして、二人はゆっくりと畳の上に横たわった。

「助けてくれ！――熱い！」

鮫田と大屋が悲鳴を上げ、互いに、

「どけ！」

と、動かない体で必死にけり合っている。

「ニャー」

ホームズが鳴いた。

片山がハッと我に返る。

「――こうしちゃいられない！　何とか助け出すんだ！」

「お兄さん……」

「鮫田たちにも、罪を償わせるんだ！」

「でも——どうやって？」

モニターの画面は、火と煙に包まれつつあった。

# 14 救出

ホームズが、窓の方へ駆け寄って、鋭く鳴いた。

「そうだ！」

片山は、モニターに映る部屋を見て、「この部屋の窓は、どこに面してる？」

と、有田令子へ訊《き》いた。

「ベランダです、確か」

「これは二階だな。——石津、三階のベランダから下りるんだ。そして窓を破ろう」

「はい！」

「晴美、消防署へ連絡！　救急車も！」

「分ったわ！」

晴美が電話へ駆け寄る。

片山たちは、有田令子の部屋を飛び出した。

三階まで階段を駆け下りると、

「〈206〉の上だから、〈306〉だ！」

と、片山は叫んだ。

「片山さん、〈306〉の住人がお風呂《ふろ》へ入ってたらどうします？」

と、廊下を駆けながら石津がなぜか言った。

「下の部屋が燃えてるんだぞ！」

「そうか。お風呂の沸くのが早いかもしれませんね」

片山は答えず、〈306〉のドアを強く叩《たた》いた……。


晴美と千恵、そしてホームズの三人は、エレベーターで一階まで下りると、建物の外へ飛び出した。

雨はもう上って、歩道が濡《ぬ》れている。

「――煙が出てる！」

と、千恵は二階の狩谷の部屋を見上げて言った。

パン、と弾《はじ》けるような音がして、ガラスが割れた。

「危いわ！　離れて！」

と、晴美が千恵をかばって退《さ》がらせる。

窓から赤い火がチラチラと覗《のぞ》いた。――火災警報が鳴っているので、あちこちのベランダに人が出て来る。

「二階で火事です！」

と、晴美が叫んだ。「避難して下さい！」

たちまち、あちこちで大騒ぎになる。

「――片山さんだ！」

と、千恵が言った。

狩谷の部屋の真上、〈306〉のベランダに片山と石津が出てくると、手すりにロープをくりつけ、下へたらした。

石津が、野球のバットをベルトに挟み、ロープを伝って、下のベランダへと下り始めた。

「石津さん！　気を付けて！」

と、千恵が叫ぶと、石津はわざわざ片手を離して振って見せた……。

「晴美！」

片山が三階のベランダから怒鳴った。「その下に布団を積め！」

「あ……。はいはい」

晴美は、千恵へ、「二階の人に布団を出してもらうのよ、できるだけ沢山！」

「はい！」

二人して、建物の中へと駆け込んで行く。

――ま、いくら頭が良くても、こういうときにはホームズは役に立たないので、一人静かに（?）、戦場での指揮官の如く、事態を眺めていた。

石津が二階のベランダへ下り立つと、バットで窓ガラスを叩き割る。

ホームズは少し退がった拍子に、水たまりに尻《しり》を突っ込んで、「ニャッ！」と飛び上った……。


モニターの映像はプツッと消えた。

「カメラがやられた」

と、平栗は言った。「――録画したな？」

「ええ」

と、令子は肯《うなず》いた。

「凄《すご》いことになっちまったな」

平栗も令子も汗をかいていた。

「でも……これで良かったんですか」

「有田君……」

「人が四人も……死んでいくところ、黙って眺めてて、良かったんでしょうか」

「しかし、僕らにはどうすることもできなかったよ」

「分ってます。でも……これからどうするかは、私たちが決めることです」

平栗は当惑したように、

「どういう意味だ?」

「この録画したテープを、利用するかどうかです」

「当り前じゃないか！　こんなスクープ、一生お目にかかれないぞ」

と、平栗は言った。「話題になる。TV局にだって、凄い値段で売れる。新しい〈QQ〉のスタートに、これ以上のものがあると思うのか?」

平栗は興奮していた。……興奮するなという方が無理かもしれない。

しかし、令子は、果してそれが狩谷たちの望んだことだろうか、と思ってしまうのだった。

「――阿部さんは?」

二人は、初めて阿部がいないことに気が付いた。

「どこへ行ったんだろう?」

「さあ……。私、下へ行ってみます」

令子は、急いで部屋を出ると、階段を駆け下りて行った。

火事と聞いて、あわてて飛び出して来る人もいた。

越して行った人も多かったが、ずいぶん大勢残っていたんだ、と令子は思った。

――棟の外へ出ると、晴美と千恵がせっせと布団をベランダの下へ積み重ねている。

「令子さん！　今、石津さんが中へ入ってるの！」

令子は、黒い煙の吹き出す二階を見上げて、

「私も手伝う！」

と言った。

「行くぞ！」

と、二階のベランダから声がして、石津が両手に狩谷とよを抱いて現われた。

「真直ぐ落として！」

と、晴美が手を振る。

石津がとよの体を落とす。ドサッと布団の上に落ちたとよは、晴美が抱き起すと、パチッと目を開け、

「ここは極楽かね？」

と言った。

「生きてた！」

千恵が飛び上った。

「さあ、次はおじいちゃんよ」

石津は正に超人的な活躍をした。——狩谷を投げ落とし、さらに、火傷《やりど》を負って悲鳴を上げている大屋と鮫田を——鮫田を最後にしたのは、いくらか、わざとでもあった——投

げ落とした。

後の二人が、少し布団の端の方へ落ちて、水たまりへ転り落ちたのは、まあたぶん偶然だったろう。

そして最後に石津自身も布団の上に飛び下りて来た。

「凄い！　やった！」

千恵が石津に駆け寄って、頰っぺたにチュするると、石津はあわてて、

「僕の恋人は晴美さんだけ！」

と、強調した。

「あ、来たわ」

サイレンが響いて、消防車と救急車がやって来る。

片山がやって来て、

「間に合って良かった！」

「思ったほど燃えてなかったんです。今は不燃材が多いですからね」

それでも石津は髪がこげてパンチパーマ状になっていた。

だが――呆然《ぼうぜん》と突っ立っていたのは、狩谷ととよの二人。

「どうなってるんだ？」

と、目をパチクリさせている。

「ニャーオ」

と、ホームズが笑った。

「狩谷さん」

と、晴美が言った。「あの毒薬、誰から買ったんですか？　さぞ高かったんでしょうね」

「すると……偽物か！」

と、狩谷が言った。

「妙な味でしたね」

と、とよが言った。「甘いような塩《しょ》っぱいような。——きっとお砂糖やお塩を混ぜただけなのよ」

「やれやれ！　みっともない！」

と、狩谷が嘆いた。

「そんなことないよ」

と、千恵が狩谷の腕を取った。「私、狩谷さんが生きてててくれて嬉《うれ》しい！」

——消防車が停って、たちまち辺りは騒然となった。

救急車が、「死ぬ！」と喚《わめ》いている鮫田と大屋を運んで行く。

「後が大変ですよ」

と、片山は言った。「ともかく、一旦《いったん》中へ。——君の所でいいかい？」

片山に訊《き》かれて、千恵はあわてて、

「ちょっと——うちはだめ!」

「そうか。じゃ……」

「私の所へ」

と有田令子が言った。「狩谷さん、TVにどう映ってるか、見たいでしょ?」


「——ええ、そうなんです」

片山は長い説明をやっと終えた。

「人騒がせだな、全く」

眠っていたところを起されて、栗原はご機嫌が悪い。

片山は、マンションの外で携帯電話を使っていた。

何といっても、自宅に火をつけ、二人に大火傷を負わせたわけで、狩谷のことも、取調べなくてはならない。火事で消防車も来ている。栗原の耳に入る前に、自分で説明したのである。

「——それで、本人たちは元気なんだな?」

と栗原が訊く。

「ええ。奥さんの方は具合悪かったんですが、このショック療法で元気になっちゃったようです」

「まあ良かった」

と、栗原は息をついて、「そのまま自殺されたら後味が悪い。マスコミも、老夫婦の味方だ」

「それは当然ですよ。それに鮫田たちは殺人容疑で充分行けると思います」

「少し病院でヒイヒイ言わせといてやろう」

と、栗原は楽しそうに言った。

「同感です」

「そこは頼むぞ。――狩谷といったか、その夫婦は？」

「今、休んでいます。眠ってるんで、目が覚めるのを待ってからにしたいんですが」

「ああ、急ぐことはない。ゆっくり寝かせてやれ」

「それから、石津が大活躍したんで――」

「賞状でもやるか」

「賞状の大きさのステーキの方が喜ぶと思いますが」

と、片山は言った。

――マンションの周辺も大分落ちついて、むろん火はすっかり消えている。住人たちもほとんどが各部屋に戻った。

片山は、消防車の放水で、足下が水たまりになっているので、用心しながら建物の入口へと戻った。

「――やあ」

有田令子が立っていたのである。

「狩谷さん、逮捕されることになるんでしょうか」

「まあ……一応は取調べないとね。しかし、すぐ保釈になりますよ」

「そうなるといいですけど」

令子は息をついて「――私、どうかしてたんだわ。人の死を売りものにしようなんて、とんでもないことを……」

「人は死ななかったけど、ニュースにはなるでしょう」

「もちろんです！　あの鮫田みたいなのを、うんとやっつけてやりますわ」

と、令子は笑って言った。

二人はエレベーターで七階へと上って行った。

「――狩谷さんたちを、お宅で預ってもらえますか」

「はい、もちろん」

片山はホッとした。

「〈２０６〉は、しばらく生活できる状態じゃないでしょうしね」

と、令子は言った。

「そう長くはかかりませんが……」

七階でエレベーターを降りると、

「片山さん！」

若い警官が〈703〉から飛び出して来た。

「どうした？」

「大変です！　中で――」

片山と令子は駆け出した。

「――少しの間、誰もいなかったんです」

と、警官が言った。「でも、まさか……」

部屋へ入って、片山たちは立ちすくんだ。

「狩谷さん！」

と、令子が叫ぶように言った。「こんなことって……」

寝ていた布団の上で、狩谷夫婦は折り重なるようにして、死んでいた。狩谷の手には、小ぶりの尖《とが》った包丁があった。

「出血はそうひどくない」

片山は、脈をとって、「――もうこと切れてる」

と、ため息をついた。

令子がよろけて壁にもたれかかった。

「おい、いるか」

玄関から平栗の声がした。

「編集長……」

令子が出て行く。

晴美と石津、ホームズも戻って来た。

「よく食べたわね！」

「何しろ腹が空いてたんで」

三人が、入って来る。

「――とんでもないことになった」

と、片山は言った。

「どうしたの？」

晴美が、ポカンとして、「狩谷さん……」

しばし、誰もが無言だった。

# 15　自首

「眠気がふっとんだな」

片山がそろそろ白み始めた空を見上げて言った。

マンションの前に出て、風の冷たさに身震いした。

「——僕はまた、あまりのことに腹が空きました」

と、石津が言った……。

「お兄さん」

と晴美がやって来た。

「どうした？」

「令子さんは少し落ちついたわ」

「ショックだったんだな」

「でも、どうして……。せっかく助かったっていうのに」

「心中しようって意志を貫いたのか」

「でも、そんな様子じゃなかったわ」

「うん。まあな……。しかし、鮫田と大屋は入院してるんだぞ」

「そうね。鑑識の人たちは？」

「もう来ると思う」

片山は首を振った。「他の——平栗っていったか。もう一人いたな」

「阿部って人ね。何だか無口な、妙な人だわ」

「パトカーが来た」

片山が手を上げると、パトカーと救急車がやって来た。

「片山さん」

と、声がして、振り向くと千恵が立っている。

「君……寝なかったのか」

片山は、困って晴美を見た。

「お兄さんが言うべきよ」

「また、何かあったの？」

と、千恵は刑事が何人かマンションへ入って行くのを見て言った。

「千恵君。実はね……」

片山は千恵を傍へ連れて行くと、狩谷夫婦が死んだことを話してやった。

千恵は青ざめたが、

「じゃ……やっぱり死ぬことにしたんだね」

「たぶんね。今から一応、色々調べる。気を落とさないで……」

「大丈夫」

と、千恵は言った。「そんな余裕ないもの」

「そうか」

「うん」

千恵は肯《うなず》いた。「——うちにも死体が一つあるの」

「そりゃ大変だな。まあ、ともかく一眠りして……」

片山は、「今、何があるって言った？」

と訊《き》き返した。

「死体」

と、千恵が言った。「ちょっと見てくれる？」

何だか、それは故障した電気製品の具合でも「ちょっと見て」と言っているかのようだった……。

「君がやった？」

片山はその少女の死体を呆然《ぼうぜん》として眺めていた。

「――うん」

と、千恵は肯いた。

「しかし……」

「お父さんにくっついて、お金を巻き上げるつもりだったんだよ」

と千恵は言った。「ひどいじゃない？　うちへやって来て、私の前で図々《ずうずう》しく――」

「ちょっと待ってくれ」

と、片山は頭を抱えた。

「これ、バッグ」

と、千恵が赤いバッグを片山へ渡した。「倉田ナミっていうんだって」

片山は、バッグの中をちょっと覗《のぞ》いて、ベッドの上の死体を改めて見た。

「――いつ、殺したんだ？」

「片山さんが来る少し前」

「それじゃ……この子が一人でいたのかい？」

「うん」

――何だか妙だ。

しかし、ともかく当人が「やった」と言ってるのだから。

「片山さん、鑑識が……」

と、石津が顔を出した。

「分った。入ってもらってくれ」

せっかく七階の現場を見終った鑑識と検死官は、

「追加か？　聞いてないぞ」

とブツブツ言いながらやって来た。

「――どうします？」

と、石津は言った。

「うん……。一応連れて行って話を聞くしかないだろう」

と、片山は言った。「ベルトで首を絞めるなんて、子供のすることじゃないと思うがな」

片山たちは、立石家の中の廊下で立ち話をしていたのだが、そこへガラッと戸が開いて、

「あ、ごめんなさい」

立石江梨子が――そこはお風呂場《ふろば》だったので当然といえば当然だが――裸にバスタオルを巻きつけただけで出て来たのである。

片山も石津も呆気《あっけ》にとられていると、

「お母さん！」

千恵がびっくりして飛んでくる。「何してんの、そんな格好で」

「あら、だって、お風呂に入るのに、いちいちスーツなんて着てられる？」

「そんなこと言ってんじゃないよ!」

「いいのよ」

江梨子は千恵の肩を叩《たた》いて、「——片山さん」

「はあ」

「あの倉田ナミを殺したのは私です」

「お母さん——」

「この子は、『私がやったことにすれば、きっと少年院ですむから』って言うんです。でも、親が子供に助けてもらうなんて、変ですよね」

「でも、お母さん、さっき——」

「もういいのよ」

江梨子は、娘の頭を軽くなでて、「私、どうかしてたんです。あの大屋が、久保田を殺したことも知ってます」

「分りました」

「考えてみれば……ねえ、千恵。私、今のあなたくらいの年齢《とし》で、あなたを生んだんだもの。十六は子供じゃないのよ。もう立派な『女』なんだわ」

と、ひとり言のように言って、「しばらくは、あんたがこの家をちゃんとやっていってね」

「うん……」

千恵は声を詰らせた。

「よく分りました」

と、片山は言った。「ただ、早く服を着ないと風邪をひきますよ」

「忘れてたわ、裸なの」

と、江梨子は笑って、「じゃ、ちょっと失礼して……」

江梨子は検死の行われている寝室へ、

「ちょっと失礼します」

と、入って行って、みんなを唖然《あぜん》とさせた……。


すっかり朝になって、吐く息が白い。

ポツポツと出勤して行く人もいて、しかし、みんなゆうべの騒ぎで寝不足なのだろう、大欠伸《おおあくび》しながら出かけて行く。

片山たちは、マンションの前で、江梨子の出てくるのを待っていた。

「――どうなるのかしら、このマンション？」

晴美が建物を見上げる。

「さあ――。改めて、改装するかどうか、よく話し合うんじゃないかな」

「そうね。みんな色々事情を抱えてるんですものね」

有田令子が出て来て、

「編集長たちも引上げます」

と言った。「長い夜だったわ」

「色々大変でしたね」

と、晴美が言った。

「何だか……一晩で何十年分の経験をしたみたい」

と、令子は言った。「老け込んじゃったわ、私」

そこへ、平栗と阿部が疲れ切った様子で出て来た。

「——それじゃ」

と平栗が片山の方へ会釈する。

「新しい雑誌、頑張って下さいね」

と、晴美が言うと、

「いや、新しいわけじゃなくて、リニューアルです。——このマンションと同じですよ」

と、平栗は言った。「中に住む人間は変らない。それを忘れて、外観だけ新しくしてもだめですな」

千恵に付き添われて、江梨子が出て来た。

「お待たせしました」

と、江梨子は頭を下げた。

「いや……。じゃ、参りますか」

「ええ」

と、江梨子が肯《うなず》く。

すると、阿部がおずおずと進み出て、

「恐れ入りますが、写真を撮ってもよろしいでしょうか？」

「阿部さん、その必要はないよ」

と、平栗が止めた。「千恵ちゃんの前だ」

「あ、すみません……。そんなつもりじゃ……」

「いいんですよ。せっかくお化粧もして来たし」

と、江梨子の方が乗り気で、「ぜひ撮って下さいな。片山さん、手錠をお持ち？」

「は？　しかし……」

「やっぱりここは手錠がないと絵になりませんわ」

千恵が笑って、

「お母さんも、元漫画家志望だね、やっぱり」

と言った。「片山さん、お母さんに手錠をかけて」

「いいのかい？　別に必要ないと――」

「いいの。漫画家の妻って、変ってるのよ」

手錠が、江梨子の手首にカシャッと音をたてる。

「ドラマで聞くより、軽やかな音ね」

と、江梨子は言って、「やっぱりドラマじゃ、おおげさにしてるんだわね」

と、妙なところで感心している。

阿部のカメラと、令子の持っていたビデオカメラで撮影する内、江梨子はパトカーへと乗り込んだ。

「お母さん……」

「後を頼むわね」

「うん」

千恵が肯く。

片山が合図すると、パトカーはそのまま走り始めたが……。

「待ってくれ！」

と、かすれた叫び声が聞こえて、マンションから走り出て来たのは――立石みつぐだった。

「お父さん！」

千恵がびっくりして、「どこにいたの?」

「風呂場の中だ」

立石は、タキシード姿のまま、ずぶ濡《ぬ》れになっていた。「待ってくれ! パトカーを……」

パトカーがバックして来ると、

「あなた、どうして出て来たの!」

と、江梨子が窓から顔を出して言った。

「江梨子……。俺は決めた。自分のしたことの責任は取る」

晴美が、

「あなたが殺したんですか」

と言った。「あの十八歳の女の子を」

「本当は十五歳だったんです」

と、立石は言った。「聞いてしまった。大屋とあの子が話しているのを。——俺のことが必要なくなったら、中学生と関係があったというのを、マスコミへ流し、こっちもお払い箱にするつもりだったんだ」

「お父さん……。じゃ、お母さんはお父さんをかばったの?」

「ああ。俺には刑務所暮しなんか耐えられないだろう、と言ってな。だが、ここで母さんに身代りになってもらったら、俺は死んだも同じだ」

「あなた……」

片山がパトカーから江梨子を降ろし、手錠を外した。

「江梨子、すまん。風呂でよく考えたんだ……。ハクション！」

「風邪ひくわよ、着替えないと」

江梨子が立石を抱きしめた。

「おい……。お前も濡れる」

「いいのよ」

阿部が、カメラのシャッターを切ったが、

「フィルムがなくなった！——すみません、入れ替えるまで、そのままでいて下さい！」

阿部が焦ってフィルムを入れ替えているのを見て、みんな笑ってしまった。


「片山さん」

立石が濡れたタキシードを脱いで、江梨子の出してくれたものに着替えながら言った。

「どうしました？」

一応、逃亡されないように、立石の部屋までついて来た片山である。

「いや……つくづく、人間なんて弱いもんだと思いましてね」

立石はタオルで体を拭《ふ》いてから、新しい下着をつける。「誰でも楽な方がいい。だから、つい深みにはまってしまうんですね」

立石は、もうアルコールの気配も全くなく、別人のようにさっぱりした顔をしている。

「あの倉田ナミだって、まさか殺されるとは思ってもいなかったでしょう。中学生じゃ、ブランド物を買おうにもこづかいが足りない。だから、こんな腹の出た中年男を相手にでも稼がなきゃいけなかったんだ……」

立石はそう言って首を振った。「可哀そうなことをしてしまった。――十五歳の女の子に騙《だま》されたといっても、悪いのは五十歳の大人の方なのに……。ふと、考えたんです。うちの千恵のことを」

「千恵ちゃんは大丈夫ですよ」

と、片山は言った。

「しかし、一度は悪い仲間に引張られていたそうですな。それを救ってくれたのは、片山さん、あんただそうですね。何も知らなかった」

「千恵ちゃんは、自分の力で立ち直ったんですよ」

「片山さん。――あの子をどうかよろしく」

と、立石は頭を下げた。「父親が殺人罪で刑務所となれば、色々辛《つら》い目にも遭うでしょう。どうか見捨てないでやって下さい」

片山はこういうことを言われると照れてしまう。

「ま、できるだけのことはしますよ」

「よろしく……。しかし、ねえ、片山さん。人間、『先生』なんて呼ばれるようになったら用心しなきゃいけませんな」

「鮫田のことですか」

「私は、自分のことならよく分ってるつもりでいた。売れない漫画家。――努力が足りない。それも承知でした。しかし、鮫田から『先生』と呼ばれたときの気持と言ったら……」

立石はため息をついて、「ゾクゾクしましたよ。『俺はその辺の奴らとは違うんだ』って気がしてね」

と、苦笑する。

「考えてみりゃ――いや、考えなくたって分り切ってる。私はただの漫画家で、マンションのことなんか勉強したこともない。それでも、鮫田の吹き込んでくる話を丸ごと呑《の》み込んで、人前で吐き出す。それで拍手が来て、謝礼をもらう。それが一生続くような気がしてたんです」

片山は黙って聞いていた。今、立石はこれから乗り越えなくてはならない試練のために、自分を見つめ直しているのだ。

「本業をきちんとやれない人間が、他のことに口を出したって、何もできるわけがない。

——そんな簡単なことが分らなくなってしまうんです」

「もう一度漫画を描くんですよ」

と、片山は言った。

「そう。それしかないんだ」

と、自分へ言い聞かせるように、立石は肯《うなず》きながら言った。「もし——もし、やり直すことが許されたら……」

「——あなた、仕度は？」

と、江梨子が呼んだ。

「もう出かけるよ。——じゃ、片山さん、参りましょう」

と、立石は言った。

——立石は片山と江梨子に付き添われて表へ出た。

「千恵」

と、立石が言った。「すまないな。母さんを頼む」

「うん……」

千恵は、父親の胸に飛び込んで抱かれた。

阿部が涙を拭《ぬぐ》いながらシャッターを切っている。令子は冷静にカメラを回し続けていた。

「お待たせしました。ハクション！」

と、立石がクシャミをした。

「大丈夫ですか？」

「大丈夫。——風邪なんかで寝てちゃ、漫画家はやっちゃいけません」

立石は、促されるまま、パトカーへ乗り込んだ。

窓を下ろして、千恵たちの方へ手を上げて見せ、パトカーは走り出した。

「——お父さん！」

千恵がパトカーを追うように走り出した。「お父さん！　留置場とか刑務所とか、しっかり見て来るんだよ！」

と、千恵は走りながら叫んだ。

「お父さんは漫画家なんだからね！」

パトカーが走り去るのを、千恵はいつまでも見送っていた……。

「——行こうか」

と、平栗が言った。

「はい。それじゃ編集長、リニューアルの特集は……」

「それはゆっくり考えよう」

と、平栗は言った。「充分、一年分くらいの記事ができる」

「そうですね」

車を回して来て、平栗と阿部が乗り込む。

令子は、

「少しくたびれたので、少し眠ってから出社します」

と言った。

「ああ。ゆっくりでいいぞ」

平栗が肯いて、片山たちの方へ会釈すると、車を出した。

「――お疲れさま」

と、片山は言った。

「ええ、疲れました」

令子が微笑んで、「でも――いい方ですね、皆さん。私、少し人生に希望を持ったわ」

と言った。

――令子と、江梨子、千恵もマンションへ戻って行き、片山は伸びをした。

「さて……。行くか」

「うん。それにしても、狩谷さんたちのことだけが残念ね。あら、ホームズ、それは?」

ホームズがいつの間にやら、何か口にくわえて座っている。

「フィルムだわ」

晴美は、ホームズの口からフィルムを取って、「これ、きっと今の人——阿部さんが、カメラのフィルムを交換したときに落としたのね」

「じゃ届けてやろう」

と、片山が受け取って、「ああいう不器用な人を見ると、親しみを感じるんだ」

「ニャー」

ホームズが鳴いた。

「何か言ってるわ。今のフィルムのこと？」

「ニャーオ」

ホームズが肯くように目をつぶる。

「これが……」

片山は手にしたフィルムを見て、「どうしたっていうのかな。よし、現像させてみよう」

石津がやって来て、言った。

「片山さん！　朝食はどうします？」

# エピローグ

「これは凄《すご》い！」

武居社長は興奮していた。「おい、これで行こう！」

〈QQ〉のリニューアルに関する会議で、平栗の用意したビデオと写真は、社長始め、居並ぶ幹部を圧倒した。

「これは話題になるぞ！」

「恐れ入ります」

と、平栗は言った。「しかし、亡くなった狩谷夫妻のことを考えて、ポイントは、弱者を守ってくれるものが何もない現状を訴えることに置きます」

「任せる！――このビデオには、TV局がいくらでも払うぞ」

武居はニヤニヤしながら言った。

――平栗は、どんな人生の真実も、金に換算しないではいられない人間がいる、ということが虚《むな》しかった。

説明を終えて廊下へ出ると、有田令子が待っていた。

「――どうでした？」

「飛びついたよ。馬にニンジンを見せたようにね」

令子が微笑んで、

「おめでとうございます」

「いや、これは僕らの力じゃない。狩谷さんたちが作った記事だ」

「そうですね」

「第二号からが大変だ」

平栗はため息をついて、「今度は、どこかでゴジラの赤ん坊でも生まれないかね」

と言った。

令子は笑って、素早く平栗の頬にキスした。

「おい！」

「大丈夫。口紅つけてません」

と令子はいたずらっぽく言って、「そういえば、阿部さんが、ちょっと出て来ますって
……」

「へえ、珍しいな。さては彼女か」

「まさか」

二人は笑って、〈QQ〉の編集部へと戻って行った。

「──こりゃどうも」

阿部は、ビルのロビーで、片山からフィルムを渡されて、「どこへ行ったかと思って、青くなってたんです！　助かりました！」

「申しわけありませんが、それはパトローネだけです」

と、片山は言った。

「は？」

「中のフィルムは現像しました」

片山は、封筒から、引き伸した写真を取り出してテーブルに置いた。

阿部が、無言でその写真を見る。──狩谷夫婦が死んでいる様子が写っている。

「これには時間が入ってましてね」

と、片山は言った。「それを見ると、どう見ても、僕らがお二人の死体を発見する前なんですね」

阿部は固い表情になって、

「つまり……」

「あなたが、眠っていた狩谷夫婦を殺して、自殺に見せかけた。そうですね？」

しばらくして、阿部は座り直すと、

「その通りです」

と、頭を下げた。

「一体どうして……」

「お二人は心中するはずだったんです。——リニューアル号の特集は、お二人の心中でした。それなのに……お二人は助かってしまった！」

阿部は深々と息をついて、「——どうしても〈心中〉でなきゃいけない、と思い込んだんです！　今になれば……。でも、あのときは、『これで、雑誌は台なしだ』と思っていたんです」

片山は何も言わなかった。——サラリーマン社会の中で、「常に言われた通り」のことしかやって来なかった人間の悲しさが見えた。

責める気にはなれない。

「——分りますね」

と、片山は言った。「殺人容疑でご同行願わなくてはなりません」

「はい……」

阿部は素直に頭を下げた。

そこへ、

「片山さん！」

と、有田令子が足どりも軽くやって来た。「片山さんだったの、阿部さんのお客様って？」

「ええ。実は──」

と、片山が言いかけると、

「有田さん」

と、阿部は立ち上って言った。

「どうしたんですか？」

「喜んで下さい。リニューアル第二号の特集ができました」

「え？」

「〈編集者の殺人〉というタイトルはどうでしょうか？」

阿部は真剣に、そう訊《き》いたのだった。

# 解説

山前　譲

数多くの赤川作品のシリーズのなかで、もっとも作品数が多いのはやはり三毛猫ホームズです。すでに四十作を超えていますが、第三十四作の本書は、『三毛猫ホームズの大改装《リニューアル》』と題されています。リニューアルとは、一新すること、再生、そして改装といったことを意味しますが、わざわざ「大」とあるのですから、きっとかなりのリニューアルが描かれているはずと思ってしまいます。

もしかしてホームズ自身のリニューアルなのでしょうか。絹のように艶《つや》やかな毛並みは、いかにも三毛猫というイメージに色分けされていますが、その素敵なヘアースタイル（?）を変えてしまう？　真っ黒に染めてしまう？

あるいは、飼い主のチェンジでしょうか。たしかに片山兄妹《きょうだい》と一緒の暮らしも、ずいぶん長いものになりました。推理の場面ならずとも、まさに以心伝心の仲といえますが、そろそろ新しい土地で、新しい飼い主を？

まさか名前を変えてしまうことはないでしょうが、ひょっとしたら、その片山兄妹のほうのリニューアルでしょうか。両親が既に亡くなっていて、ふたり暮らしも長いようですが、義太郎も晴美も初登場以来ずっといわゆる適齢期です。すぐにでも結婚という刑事を、いや慶事を迎えても不思議ではありません。見合いを繰り返している義太郎はともかく、晴美には石津刑事という自称恋人がいます。もし晴美がめでたく結婚ということになれば、兄と一緒に住むわけにはいかないでしょう。

　いや、かつて辞表を上司の栗原捜査一課長に出したこともあるのが義太郎です。血を見たら卒倒するようなことでは、やはり捜査一課の刑事は務まらないと思い悩んで、とうとう転職を決意したのかもしれません。

　はたしてリニューアルの真相はどこに？　しかし、そこは長年にわたって読者を楽しませてきた大人気のシリーズ・キャラクターです。ホームズや片山兄妹のリニューアルは、読者が絶対に許さないでしょう。もちろん作者の赤川さんも、そんなことはまったく考えていません（と思います）。

『三毛猫ホームズの大改装《リニューアル》』とはあっても、ホームズはやっぱり片山家の飼い猫ですし、もちろん黒猫になんかは変身していません。タイトルを補うならば、三毛猫ホームズの解決した大改装《リニューアル》絡みの事件、が本書です。

　リニューアルのひとつは、とある雑誌をめぐってのものでした。歴史は古いもののどんどん部数を落としている〈ＱＱ〉の誌面刷新を、社長から任されたのは、これまでほとんど雑誌の編集経験がない窓際族の平栗です。

編集部のメンバーも一新され、これはチャンスと大いに張り切りますが、社長秘書の柳井尚子に本当の目的を指摘されてしまいます。リニューアルの失敗を口実に、編集者をお払い箱にするのだと。しかし、平栗はますます奮起するのでした。リニューアルした雑誌に、アッと驚くようなスクープを載せてやる——。

一方、売れない漫画家の立石が住むマンションでは、文字どおりの大改装《リニューアル》が計画されていました。建てて二十年近く経っているだけに、居住者もそれ相応の負担をしなくてはいけません。反対する住人もいましたが、改装をすすめたい業者の圧力に次々と屈していきます。そこに協力したのが立石でした。

ただ、ある老夫妻が最後まで強硬に反対します。それが叶《かな》わぬと分かったとき、老夫妻は重大な決意をするのでした。夫妻の強い意志を知った平栗編集長は、そのセンセーショナルな計画を取材して、雑誌のリニューアルの目玉にしようとしますが……。

これは、新たな気持ちで前向きに、さらなる発展を目指すリニューアルとはちょっとニュアンスが違うでしょう。リニューアルには再建とか復旧、復活といった意味もあります。そこにはひとつの前提として「底」、もっとひどいときには「どん底」といった状況がイメージされます。雑誌が売れなくなったとか、マンションが古びてきたといったことです。このままではますますひどくなっていくばかり。なんとかしなくては！　起死回生の手段として、リニューアルがよく行われてきました。

たとえば商店の新装開店です。売り上げが落ちてきた。さて、どうしよう。装いも新たに、ときには店名を変えてでも再出発して、新たなお客を呼び込みたい……ただ、安易なリニューアルでは、そんな思惑が外れてしまいます。

新しい客は取り込めず、常連客は離れてしまい、リニューアルした意味がまったくないという事態もままあるでしょう。『三毛猫ホームズの大改装《リニューアル》』でも社長秘書の尚子がこう平栗に言っています。リニューアルして成功した雑誌なんて、ほとんどないのよ——。

しかし、「どん底」のままでは何もできません。再生を目指す強い意志はやはり必要です。日本という国家でも同じでしょう。長い歴史のなかで幾度となく「どん底」という事態を迎えました。そこから立ち直るのに必要だったのは、大なり小なりリニューアルだったはずです。前向きの、積極的で斬新《ざんしん》なリニューアルは、必ず復活に結び付くに違いありません。

リニューアルが変身を意味するとすれば、個人にもそんな事態が訪れます。たとえば本書では、ひとりの少女の変身も描かれています。立石の娘の千恵は、まだ高校一年生ですが、人を騙《だま》してお金を得たり、仲間との夜遊びに耽《ふけ》ったりしていました。家族もバラバラでした。それが、片山義太郎と知り合って、いや、義太郎の「彼女」になって、自分をリニューアルしていくのです。

ただ、三毛猫ホームズのようなシリーズ・キャラクターには、リニューアルのような劇的な変化はあまり馴染《なじ》まないでしょう。読者としては、その変わらない馴染んだ物語世界を楽しんでいるからです。

赤川作品では数々の人気シリーズがありますが、たとえば、デビュー作「幽霊列車」に登場した永井夕子が、長い春にピリオドを打って宇野警部と結婚（宇野にとっては再婚）するとか、佐々本三姉妹のいつも出張中のお父さんが再婚するなんてことは、多分この先もずっとありえないでしょう。

大泥棒と刑事のカップルである今野夫妻に、ようやく赤ちゃんが誕生か？　仲睦《むつ》まじいふたりですから、まったく自然な流れですが、そして間違いなく画期的なリニューアルですが、その気配は残念ながら（？）ありません。

あるいは、それぞれの事情で人間界で暮らしている天使のマリと悪魔のポチが、もとの世界に帰ってしまう？　こんなことになったら、シリーズそのものが終わってしまいます。そして、警視庁の名物警部である大貫が普通の警察官になってしまったら……天地がひっくり返ってもありえないことです。

人気シリーズにはリニューアルは必要がないのです。お馴染みのキャラクターが新しい事件と出会うたびに、読者は新しい読書の楽しさと出会うことになります。それがある意味、リニューアルでしょう。一方、〈百年の迷宮〉シリーズのような新しいシリーズのスタートは、赤川さんにとってのリニューアルとなっているはずです。その意味で、赤川さんの創作活動はリニューアルの連続だったと言えるでしょうか。

振り返ってみれば、名探偵であるホームズにとってもっとも劇的なリニューアルは、第一作の『三毛猫ホームズの推理』だったかもしれません。初めて読者の前に姿を見せたとき、ホームズの飼い主は、密室殺人が起こった羽衣女子大学の学部長でした。ホームズの知的な雰囲気は、大学というアカデミックな場に相応《ふさわ》しいものでしたが、謎解きがすすめられていくなかで、片山兄妹《きょうだい》が新しい飼い主となります。

ペットにとって（ホームズは自分をペットだなんて思ってもいないかもしれませんが）、飼い主の存在は大変重要です。なんてったって、日々の生活がかかってる！　大好物のアジの干物が食べられなくなったら大変です。ですから、飼い主が変わる、あるいは飼い主がいなくなるということは、ホームズにとって間違いなくリニューアルでしょう。

ただ、幸いなことに、つづく『三毛猫ホームズの追跡』以後は、ちょっと家出したようなことはありましたが、片山兄妹とホームズの関係は変わりません。至極円満です。その探偵としての優れた才能は、飼い主が誰でも変わりないように思いますが、ことさらリニューアルするというような事態を招くこともなく、数々の難事件を解決してきたホームズです。

では、雑誌とマンションのリニューアルは、はたしてどんな結末を迎えるのでしょうか。

リニューアルは人々を混乱させ、ついには死を招きます。犯人を突き止める手掛かりはどこに？　やはりそれはホームズが見つけてきました。ホームズと飼い主の息の合った謎解きは、リニューアルされることなくこれからもまだまだつづきます。

本書は二〇〇一年十二月に光文社文庫から刊行されました。

# 三毛猫《みけねこ》ホームズの大改装《リニューアル》

赤川次郎《あかがわじろう》

角川文庫 16826

平成二十三年五月二十五日　初版発行
平成二十四年三月二十五日　再版発行

発行者―井上伸一郎
発行所―株式会社角川書店
東京都千代田区富士見二―十三―三
電話・編集（〇三）三二三八―八五五五
〒一〇二―八〇七八
発売元―株式会社角川グループパブリッシング
東京都千代田区富士見二―十三―三
電話・営業（〇三）三二三八―八五二一
〒一〇二―八一七七
http://www.kadokawa.co.jp

印刷所―暁印刷　製本所―本間製本

装幀者―杉浦康平



あ 6-234　ISBN978-4-04-387024-0　C0193

# 角川文庫発刊に際して

角川源義

第二次世界大戦の敗北は、軍事力の敗北であった以上に、私たちの若い文化力の敗退であった。私たちの文化が戦争に対して如何に無力であり、単なるあだ花に過ぎなかったかを、私たちは身を以て体験し痛感した。西洋近代文化の摂取にとって、明治以後八十年の歳月は決して短かすぎたとは言えない。にもかかわらず、近代文化の伝統を確立し、自由な批判と柔軟な良識に富む文化層として自らを形成することに私たちは失敗して来た。そしてこれは、各層への文化の普及滲透を任務とする出版人の責任でもあった。

一九四五年以来、私たちは再び振出しに戻り、第一歩から踏み出すことを余儀なくされた。これは大きな不幸ではあるが、反面、これまでの混沌・未熟・歪曲の中にあった我が国の文化に秩序と確たる基礎を齎らすためには絶好の機会でもある。角川書店は、このような祖国の文化的危機にあたり、微力をも顧みず再建の礎石たるべき抱負と決意とをもって出発したが、ここに創立以来の念願を果すべく角川文庫を発刊する。これまで刊行されたあらゆる全集叢書文庫類の長所と短所とを検討し、古今東西の不朽の典籍を、良心的編集のもとに、廉価に、そして書架にふさわしい美本として、多くのひとびとに提供しようとする。しかし私たちは徒らに百科全書的な知識のジレッタントを作ることを目的とせず、あくまで祖国の文化に秩序と再建への道を示し、この文庫を角川書店の栄ある事業として、今後永久に継続発展せしめ、学芸と教養との殿堂として大成せんことを期したい。多くの読書子の愛情ある忠言と支持とによって、この希望と抱負とを完遂せしめられんことを願う。

一九四九年五月三日

# 角川文庫ベストセラー

三毛猫ホームズの推理　赤川次郎

女性恐怖症の刑事・片山義太郎と妹の晴美、そして三毛猫ホームズが初登場。国民的人気のミステリー「三毛猫シリーズ」、記念すべき第一作！

三毛猫ホームズの黄昏ホテル　赤川次郎

豪華なリゾートホテル〈ホテル金倉〉が閉館することになり、閉館前の最後の一週間、なじみの客が招かれた。そこで起こった事件とは？

三毛猫ホームズの家出　赤川次郎

珍しくホームズを連れて食事に出た、石津と晴美。帰り道、見知らぬ少女にホームズがついていってしまった！　まさか、家出!?

三毛猫ホームズの心中海岸　赤川次郎

捜査のために、大財閥の娘と婚約をした片山刑事。事件はめでたく解決したが、婚約は解消できなかった！　このまま片山は結婚してしまうのか!?

三毛猫ホームズの〈卒業〉　赤川次郎

新郎新婦がバージンロードに登場した途端、映画〈卒業〉のように花嫁が連れ去られて殺される表題作の他、4編を収録した痛快連作短編集!!

三毛猫ホームズの安息日　赤川次郎

当たった宝くじで夕食会！　だが片山は殺人犯とバスに同乗、晴美は現金強奪事件に遭遇し、石津は死体発見者に。夕食会に全員集合は叶うのか!?

三毛猫ホームズの世紀末　赤川次郎

TV番組の収録に参加したのをきっかけに、人気の天才詩人・白鳥聖人と恋におちた女子大生・雪子。彼女は、なんと石津刑事の従妹だった!?

## 角川文庫ベストセラー

三毛猫ホームズの正誤表　赤川次郎
晴美の友人の新人女優・恵利が、遂に主役の座を射止めた。だが、恵利は稽古に向かう途中で襲われて……。三毛猫ホームズが役者としても大活躍。

三毛猫ホームズの好敵手《ライバル》　赤川次郎
幼い頃からライバル同士だった康男と茂。彼らの運命を大きく分けた出来事とは？　三毛猫ホームズにも灰色・縞模様のライバル猫が出現！

三毛猫ホームズの失楽園　赤川次郎
美術品を専門に狙う、怪盗チェシャ猫が現れた。その大胆不敵な犯行はたちまち話題に……。三毛猫ホームズと怪盗チェシャ猫が対決する！

三毛猫ホームズの無人島　赤川次郎
炭鉱の閉山によって無人島となった〈軍艦島〉。十年ぶりに島に集まった住人たちを待っていたのは？　過去の秘密を三毛猫ホームズが明かす。

三毛猫ホームズの四捨五入　赤川次郎
N女子学園にやってきた編入生、棚原弥生を見て、担任の竜野は衝撃を受けた。その面差しが20年前の「彼女」にあまりにも似ていたから……。

三毛猫ホームズの暗闇　赤川次郎
崩落事故でトンネルに閉じ込められたバスに、殺人犯の家族と被害者の家族が同乗していた！　乗り合わせたホームズは？　シリーズ第三十三弾！

赤川次郎ベストセレクション①
セーラー服と機関銃　赤川次郎
星泉、17歳の高校二年生。父の死をきっかけに、弱小ヤクザ・目高組の組長を襲名することになってしまった！　永遠のベストセラー作品！